愛していいとは云ってない

Kazuya Nakahara
中原一也

CHARADE BUNKO

Illustration

奈良千春

CONTENTS

1

柔らかな照明とシェイカーを振る小気味いい音。流れる良質の音楽は、長年の友人のように心地よく語りかけてくる。ジャズピアニストが奏でる生の演奏は、人生そのものだった。大人だけが楽しめる空間は、時間を忘れさせてくれる貴重な場所だ。憂《うれ》いも喜びも、優しく包んでくれる。

湯月亨《ゆづきとおる》は、カウンターの中でグラスを磨《みが》いていた。

日本人にしては薄い色をした瞳。肌の色も薄いが、女性的という言葉は似合わない。実際の年齢は二十七で顔の造形もスタイルも平均をずっと上回るものを持っているが、これまで重ねてきた数々の経験によりもたらされる達観した態度がそうさせるのか、どこか老人のように感じさせることもあった。捨て鉢な態度とも違う。世を嘆かずにいられない敗北者たちを眺めてきた者が持つ、哀愁と言っていいのかもしれない。

だが、湯月が持つこの独特の雰囲気は、店によく溶け込んでいた。主役として輝くのでもなく、だが埋もれるでもなく、バーカウンターの中に立つその姿は大人の空間を楽しみに来た客を上手く酔わせてくれる。

「デュボネを貰えるかな？」

「かしこまりました」

客から注文が入ると、湯月はミキシンググラスを手に取り、氷を組み入れてから同量のドライ・ジンとデュボネを入れた。デュボネとは、キナの樹皮で香りづけをしたアロマタイズド・ワインで、独特の風味がある。豊かな香りを持つそれは、食前酒としても有名だ。ワインと同じ名前のカクテルは、キリリとしたジンの味わいにデュボネの深みが加わった大人の味わいに仕上がるレシピとなっている。

湯月は、指先の感覚で状態を把握しながらステアした。ほんのわずかな粘度を感じ、香りを捕まえたところでバースプーンをそっと抜く。この瞬間を逃すとカクテルの仕上がりが悪くなるため、集中力が必要だ。

抜群のタイミングでそれを終えた湯月は、ストレーナーを被《かぶ》せてカクテル・グラスに注ぎ、レモンピールを振り絞って完成させた。そして、カウンター席の客にそれを出す。

「お待たせいたしました」

客はグラスを手に取り、最初に香りを楽しんでから口をつけた。その表情から、満足するデキだったとわかる。隣で、谷口《たにぐち》がシェイカーを振り始めた。

湯月にステアの仕方を教えてくれたのは馬場《ばば》という場末の『希望《きぼう》』というバーにいた老バーテンダーだが、すべての技術を教わる前に死んでしまい、中途半端なままだった。そんな湯月に、シェイクなどのテクニックを叩き込んだのがこの谷口だ。馬場とはタイプが違うが、湯月がバーテンダーとして尊敬している二人目の男なのは事実だった。

また、湯月をこの店に雇い入れたのは斑目克幸《まだらめかつゆき》というヤクザで、広域指定暴力団『誠心会《せいしんかい》』系の二次団体『若田組《わかたぐみ》』の若頭補佐という地位にいる。同時に愛人としての契約を求めてきた人物でもあり、闇そのものといった雰囲気に取り込まれるように、一度離れた世界に再び足を踏み入れた。

斑目と出会わなければ、今頃何をしていたかわからない。野良猫のように夜の街を徘徊《はいかい》することはあっても、バーカウンターの中で酒を作る楽しみを味わうことはなかっただろう。男を後ろで咥《くわ》える悦《よろこ》びも、知らないままだったはずだ。

「湯月」

フロアマネージャーに呼ばれ、湯月は視線を上げた。客を奥のボックス席に案内して戻ってくるところで、取ってきた注文を湯月に伝える。そちらの席を見ると、スーツの男が三人と和装姿の老人がいた。スーツの男は全員が五十を軽く越えた貫禄《かろく》のある人物で、どこか堅《かた》気《ぎ》とは違う匂いがする。よく見ると、見覚えのある男がいた。

一人は、若頭の菅沼俊之《すがぬまとしゆき》。そして、もう一人はおそらく若田組長。ということは、あとの二人も若田組の幹部と思っていい。

「あちらの席に、ネグローニとウォッカ・アイスバーグ、ブラントン・ゴールドのロックを二杯お持ちしろ」

「かしこまりました」

手早くそれらを作った湯月は、トレーにグラスを乗せて運んだ。一度に多くの注文が入った時こそ、バーテンダーの腕が試される。注文の内容により作る順番を判断するのはもちろんのこと、味を損なわないうちに提供できるかも重要になってくる。

「お待たせしました」

湯月がボックス席の傍《そば》に立つと、全員の視線が集まった。グラスをテーブルに置きながら、揃った面子《メンツ》を視界の隅で確認する。

右手前から若頭の菅沼俊之。その隣には、若田組長。向かって左側にいるあとの二人は見たことがなかったが、左奥にいる和装の老人はとりわけ湯月の心にとまった。一見穏《おだ》やかな印象のある優しげな表情をしているが、この面子の中にいるということは、ただの老いぼれでないのは確かだ。粋《いき》な着こなしからも、それがよくわかる。痩《や》せこけているが、背筋は伸びてしゃんとしていて、羽織がよく似合っている。

「お前が湯月か？」

左側の恰幅《かっぷく》のいい眼光の鋭い男に声をかけられ、ギクリとした。すごまれたわけでもないのに、指先に緊張が走る。

「はい」

そう返事するのがやっとだった。このまま戻っていいとは思えず、酒を提供したあともテーブルの横に立っていた。

「歳はいくつだ？」

「二十七です」

「ほう。二十七か……。カウンターにいる時はもっと上に見えたが、こうして近くで見ると実際より若くも見えるな。不思議な奴だ」

「叔父貴もそう思いますか？」菅沼が、ふ、と口許を緩め、自分の斜め前に座るスーツの男に向かって言った。

「どれどれ。……確かに器量はいいようじゃ」

老人が、ふむふむと顎《あご》を撫《な》でながら身を乗り出すと、他の三人はさも楽しそうに笑い、興味深そうな視線を湯月に向けた。頭のてっぺんから爪先まで、くまなく見ている。まるで、人買いに品定めをされている気分だ。ああでもないこうでもないと弄《いじ》り回されているようで、落ち着かない。

「後ろを向いてみろ」

なんの意図があるのかわからないが、言う通りにした。すると、彼らは口々に感想を述べ始める。

（なんなんだ、これは……）

さらに手を出してみせろだの、横を向いてみろだの、髪は染めているのかだの、薄い色の瞳は今流行のカラーコンタクトなのかだの、休む間もなく次々と言葉を浴びせられ、その度《たび》に要求には応じ、質問には答えた。

一通りつつき回されたあとはまた放置されるが、解放されたわけでもなく、そこに立っていることを余儀《よぎ》なくされる。

「ふ～ん、確かに、ただ見た目がいいだけではなさそうだ」

「生意気な。あのヒヨッコが、男を囲うまでになったか」

「斑目もまだ若いのう」

湯月は、自分が提供した酒が口に運ばれるのを目で追った。常に極上のものを提供できるようにしているが、さすがに緊張する。全員が満足げな表情をすると、安堵《あんど》した。

「しかし、いい腕をしておる。なるほど、斑目がわざわざ雇うだけのことはあるのう。湯月とやら。お前さん、どこで教わった？」

「この店の谷口さんから。……その前にも、少し……」

「相談役。あまり脅《おど》さんでやってください。斑目が飼ってるもんとはいえ、こいつは一応堅気ですから」

「それはすまんのう。脅すつもりはなかったんじゃが」

ククッ、と笑う老人からは、他の三人とはまた違ったすごみが感じられた。威圧感などとは違う。もう現役を引退しただろう老人の持つ特別な空気は穏やかで、敬《うやま》う気持ちを引き出される。無駄に時間を費《つい》やしただけでない何かが、そうさせるのだろう。

人を跪《ひざまず》かせるのは、力だけではない。思慮深さや知恵が、膝を折らせ、屈服させることもある。

「相談役も、昔は浮き名を流したと聞いてますよ。何も斑目に限ったことでは……」

「はっはっは。昔の話だ。嗜《たしな》んだ程度だよ」

その呼び名からも、この老人が若田組の幹部であることは間違いなかった。菅沼が叔父貴と呼んだ眼光の鋭いスーツの男が、舎弟頭ということになる。

組によって様々だが、基本的に舎弟頭や相談役は、組長の弟的存在になるため跡目争いには乗り出さない。だが、組の中で重要な地位にいるのは確かだ。大事な決めごとには、必ず顔を出す。組の重要な決定をするにしても、ここは斑目が趣味で営業している店だ。若頭補佐の中でも斑目が頭一つ抜きん出ているとしても、あからさまなことをすれば組の内部で不満を持つ者が出てくる。

なぜ、雁首《がんくび》揃えてここにいるのか――。

「あの斑目が、みすみす自分のシノギを手放すとはな」

心臓が小さく跳ねた。だが、顔には出さない。

それを見た相談役が、興味深げな視線を向けてくるのに気づいた。

「動じぬか。度胸はあるようじゃな」

湯月が斑目の切り札を腹違いの兄に渡したのは、事実だ。おかげで形勢が危うくなり、斑目にしてはめずらしい失態を犯したことになる。湯月の裏切りのおかげで、組に不利益をもたらしたのは、否定できない。

しかも、斑目はそのことで湯月に落とし前をつけさせようとはしなかった。

今でも信じられない。情に流されるような男でもなく、囲っていた愛人にあそこまでコケにされてもなお、連れ戻しに来た。あの理由は、未だに謎のままだ。

若頭の菅沼のところで話は止まっているはずだったが、二次団体とはいえ、大所帯を束ねる男が気づかないはずがない。湯月を奪い返すために、大きなシノギを譲《ゆず》ったのだ。のちの斑目の動きや金の動きから、何かあったと気づいたのかもしれない。

けれども、これまでの会話から、あの件に関して湯月を咎《とが》めに来たとは思えなかった。なんらかの制裁を与えるにしても、斑目に命令すれば済む話だ。一介のバーテンダー相手に、わざわざ足を運ぶことはない。

どうやら、不問に付してくれるらしい。若頭の菅沼が特別に上へ報告しなかったと聞いているが、その判断を尊重したのだろう。

今になってウダウダ言い出すのは、潔《いさぎよ》しとしないといったところだろうか。その代わりに、斑目を裏切った愛人がどんな男なのか、見に来た。好奇心が疼《うず》いたのかもしれない。裏の世界で跋扈《ばっこ》する悪鬼どもに、その程度の遊び心が残っていてもおかしくはない。

「もう一杯同じのを頼む」

「かしこまりました。皆様はどういたしましょう」

他の三人も同じものを注文したため、一度カウンターに戻ってカクテルを作る。

そのあとは品定めされることから解放されたが、何度かボックス席から注文が入り、その度に湯月は腕を振るった。時折、漏れ聞こえる話の内容は、すでに湯月から離れて組の運営についてや、このところ台頭している外国人の犯罪者集団のことに移っている。暴対法により日本のヤクザが締め上げを喰らっている横で、アジア系はもちろん、南米系の不法滞在者がシマの中で覚醒剤を捌《さば》くなど大きな顔をしているためだ。

盗み聞きはよしとしないが、この面子の会話を無視できるほど悟ってもいない。

そして、約一時間後。マネージャーに目配せされ、もう一度カウンターの中から出て若田組長らのもとへ向かう。

相談役は、杖をついていた。そのために呼ばれたと思ったが、足取りはしっかりしていて介助が必要とは思えない。

「湯月とやら」

肩に手を置かれ、指が喰い込むほど強く摑まれる。この枯れ枝のように痩せ細った老人のどこにこんな力があるのかと思うほどの力だった。

（――痛ぅ……っ）

かろうじて声には出さなかったが、顔をしかめた。だが、摑まれたのはほんの一瞬だけで、手はすぐに離れていく。

「確かにいい腕をしておる。立ち姿もいい。斑目ほどの男が惚《ほ》れ込むのも当然じゃ」

そう言って「ほっほっ」と笑い、相談役はこう続けた。

「じゃが、次はないぞ、若いの。今度、組に不利なことをしたら、どうなるかわかっておるじゃろうな」

それは、忠告だった。

斑目への裏切りは、組への裏切りだ。斑目を庇《かば》うためではなく、組をコケにした者への言葉として、それは湯月に放たれた。たとえ一度は特別に見逃してもらったとしても、それだけはきっちりと頭に叩き込んでおく。それが、ヤクザの世界では当然やるべきことなのだろう。

どんな言葉で脅されるよりも、ゾッとした。次はない――その言葉は、同じことを繰り返すのがいかに危険なのか、湯月に知らしめる。

相談役を見ると、にっこりと目を細めていた。見ようによっては縁側で茶を啜《すす》っていそうな柔らかな表情だけに、その裏に隠れている恐ろしさを実感させられた。

「旨い酒をご馳走《ちそう》になった。機会があれば、また飲みに来るよ」

「ありがとうございます。お待ちしております」

頭を下げ、彼らを見送る。

こんなに冷や汗を掻いたのは、久しぶりだった。


一人になった店内で、湯月はカクテルの新しいレシピを考案していた。

この時間は静かで、営業している時とはまた違う。だが、この雰囲気も湯月は好きだった。

哀しみに濡れた色で聴く者の心を揺さぶる音色を奏でていたグランドピアノも、今は一人で静かに蹲《うずくま》っている。

けれども、斑目を思うと穏やかな心が少しずつ乱れてくるのだから始末に負えない。

斑目から店に来ると連絡が入ったのは、その日の営業時間中のことだった。突然、指原《さしはら》が店にやってきて、斑目が二時間後に店に立ち寄ると告げた。

不満げな顔から、自分がいまだによく思われていないのが伝わってきた。指原は斑目の右腕とも言える存在で、時折、小舅《こじゅうと》のように感じることがある。斑目の出世を願う一人でもあるため、湯月の裏切りが大きな失態に繋がったことに、不満を抱いているのだろう。自分る。
てまで斑目に囲われているのだろうと自問することもあった。だが、その理由はわかってい
口煩《くちうるさ》い小舅が睨《にら》みを利かせているのを息苦しく感じることがあり、なぜこんな思いをし
の存在が指原を苛立《いらだ》たせているのは間違いないと、確信している。

常に勝ち続けてきた斑目が、自分のせいで敗北を喫したあの日——。
湯月は、己の中に存在するある種の狂気に気づいた。斑目が敗北する姿をもっと見たいと
いう思いだ。
これから、また負ける日が来るのか。負けるとすれば、どんなふうに負けるのか。異例の
若さで出世したあの男が、跪《ひざまず》いて敗北を噛み締める時が来るのか。
それを想像すると、ぞくぞくする。我ながら悪趣味だと思うが、その姿はたまらく魅力的
で気持ちが滾《たぎ》る。
だから、戻ってきた。再び、斑目の負ける姿を見に戻ってきた。そして、傲慢《ごうまん》で、湯月を
抱きながら別の男を手に入れようと画策するようなひとでなしのために、今もカクテルを作
っている。
しかし、このところ斑目のもとへ戻ってきたのは間違いだったのではないかと思うように
もなっている。
（なんで俺が……）

指原の言葉を思い出した湯月は、眉間《みけん》に皺《しわ》を寄せた。

『美園姐《みそのねえ》さんたちのところにも顔を出すよう、湯月さんからも言ってください』

あれは、囲っている女から斑目の足が遠のいていることへの不満だ。斑目が好き勝手しているぶん、指原の恨みを買っている気がする。自分の意思で斑目のもとに戻ったとはいえ、腑《ふ》に落ちない。

次第に心が乱れ、カクテルにも影響しているのがわかった。仕上がったそれをグラスに注ぐが、結果はわかっている。

「最低の味だ」

口にした途端《とたん》、想像していたものとはまったく違う仕上がりに、湯月はグラスの中身を全部シンクに捨てた。もう一度……、と気持ちを切り替えて同じレシピで試してみる。

その時、出入り口のほうで物音がした。そちらを見ると、指原が開けたドアから斑目が入ってくるところだった。斑目の右腕は、まさに『犬』と言うに相応《ふさわ》しい態度で仕えているが、愛人である湯月には一瞥《いちべつ》すらくれず、そのまま店から出ていく。

「組長《おやじ》たちが来たんだって？」

「はい」

歩いてくる姿がすでにサマになっている男は、仕立てのいい上質のスーツを嫌みなく着こなしていた。どんな高級なものを身につけても、着られることはない。すべて自分のものにしてしまう。

「ふん、そうか」

さして焦《あせ》った様子も見せず、斑目はカウンター席に座った。静かな店内の空気が、少しだけ揺れる。自分のいないところでどんな話がされたのか気にならないのだろうかと思うが、斑目はそれ以上何も聞いてこなかった。

まさに、闇そのものといった存在感。

二十二の頃、斑目に出会った瞬間から、すでにこの闇に魅入《みい》られていたのだと思う。

危険だとわかっていても、身を乗り出して悟《くら》い池の淵《ふち》を覗き込みたくなる。それは、決して抗《あらが》えない衝動だ。この先、どんなことが待っていようと、たとえ自分が大怪我をするとわかっていても、身を乗り出さずにはいられない。破滅願望がなくとも、そんな気持ちを起こさせるものを持っている。

躰《からだ》が毒に犯されていくように、少しずつ斑目の闇に取り込まれていく。

「何にします？」

「マティニィ。ドライでな」

そう命令されると、斑目のためにカクテルを作ることに悦びを感じている自分がいることに気づいた。乱れた心も、こうして斑目の前に立つと再び持ち直す。

湯月はミキシンググラスに手を伸ばした。氷を組み入れ、ジンとドライ・ベルモットを注ぎ入れ、ステアする。

湯月は指先の感覚を研ぎ澄まし、嗅覚《きゅうかく》を働かせた。

何度この行為を繰り返しても、消えない高揚《こうよう》。慣れることのない刺激。これまで幾度となく繰り返してきたことだが、斑目の視線に晒《さら》されていると特別な気持ちになった。

この瞬間が好きだ。斑目にカクテルを振る舞う時間は、セックスとは違う快感と昂《たかぶ》りをもたらしてくれる。

「どうぞ」

カクテルができあがると、コースターの上にグラスを載せた。斑目が手を伸ばしてそれを味わうのを視界の隅に捉《とら》えて反応を窺《うかが》う。その表情から、満足のいくものだとわかった。

当然だ。このためにバーテンダーをやっているようなものだ。特に斑目の好みは、よく知っている。

「組長たちになんて言われた?」

「特に何も……。あの件はオフレコにしてくれるようです。次はないと、相談役に釘を刺されましたけど」

その言葉に、斑目は笑った。

立場を危うくする出来事だったのは確かだが、気にしていないようだ。その余裕が憎らしくもあり、斑目がこの若さでここまでトりつめた証《あかし》でもある。

正直、期待していた。組の幹部が雁首《がんくび》揃えてこの店に来たのだ。菅沼のところで止まっていたはずの話が、上に漏れていた。他に二人いる若頭補佐の中で頭一つ抜きん出ているとはいえ、幹部の耳に入っていたと知ったら、多少は顔色を変えるかもしれないという期待を持っていた。

見事なまでにそれは打ち砕かれたが、底の見えるような男であっても困る。

（支離滅裂《しりめつれつ》だ……）

湯月は、心の中で嗤《わら》った。

自分の中の相反する二つの感情が、湯月の心を躍《おど》らせている。

「余裕ですね。いいんですか？　大きな失態を犯したこと、上にばれたんですよ？」

「挽回《ばんかい》してやるさ。問題ない」

そのくらいのハンデがあってもいいと言いたげな顔だ。斑目のつぶやきには自信も感じられ、それを信じている自分にも呆《あき》れた。何を根拠に……、と思うが、これまで斑目を見てきた者だからこそわかる、説明のつかない確信というものがあるのだ。

「もう一杯くれ」

それを要求されると、再びグラスに手を伸ばす。

マティニィ、カミカゼ、スレッジ・ハンマー、ハリケーン。

次々とカクテルを作らされるが、この空気感は悪くなかった。どんなに飲んでも酔わない相手と、一対一で向き合う。言葉を交わすより、多くのことを知ることができる。

「ところで、こんなところで油を売ってていいんですか？」

「なんだ急に」

「あなたの右腕が、小舅みたいに俺をチクチク苛《いじ》めるんですよ。美園さんって人のところに行ってもいいんですよ。俺は別に止めませんから」

「妬《や》くな」

ふ、と笑い、グラスを持って席を離れた。斑目が向かった先にあったのは、静かに蹲って いるグランドピアノだ。店で出されるグラス同様に、指紋一つないほど表面は艶《つや》やかに黒光りしている。

ポロン。

蓋《ふた》を開けて指先で鳴らしてから、斑目は椅子に座った。

「弾けるんですか？」

「冗談だろう」

愚問だったと思い、何をするつもりなのか黙って眺める。グラスを片手に、斑目は人差し指だけで鍵盤《けんばん》を撫でた。

ポロン、ポロン、ポロン。

音を確認するように。眠っていたものを目覚めさせる。いつもは音楽を生業《なりわい》とする者の手により歌うそれは、今夜は違った歌声を聞かせてくれる。

「湯月。ボンド・マティニィだ」

ジンとウォッカで作るヴェスパーという名のカクテルを要求され、シェイカーに手を伸ばした。ドライ・ベルモットの代わりにリレ・ブランを入れる。ステアして作るそれと違い、シェイクするそれは口当たりがマイルドになる。

湯月がシェイカーを振っている間も、斑目が鍵盤を叩く音は絶え間なくしていた。その言葉通り弾けるわけではないのはわかるが、なぜか斑目の指が奏でるのは、音楽だった。

ポロン、ポロン、……ポロロン、……ポロン。

ゆっくりと、そして時折速度を変え、この街のあちらこちらに転がっている誰にも気づかれずに埋もれていく人々の嘆きのように、それは『blood and sand』の店内に漂う。シェイカーの音とピアノの音色が重なり、セッションをしている気分になった。

快感が、全身を包む。

いつまでもそうしていたい気持ちを抑え、シェイクされたマティニィがだれないうちに手を緩めて、このタイミングというところでグラスに注いだ。鼻を掠《かす》めるその香りに、今がその時だと確信した湯月は、グラスをトレーに乗せて斑目のいるところまで運んだ。ピアノの上に置き、代わりに空のグラスを引き取ろうとすると、手首を摑まれる。

「湯月」

目を合わせた途端、深い色の瞳に囚われる。

ここにも、闇。

その深い闇は、すでに湯月の躰を包み込んでいる。

「お前の振るシェイカーの音は、音楽だな」

視線を合わせたまま、斑目はボンド・マティニィを一気に飲み干した。相変わらず底なしで、どんなに飲んでも顔色一つ変えない。

油断したのがいけなかったのか、いきなり強引に引き寄せられたかと思うと、口づけられた。立ち上がった斑目に、ピアノの前に追いつめられた格好になる。

「……っ、——うん……っ」

途端に、不協和音が店内に溢《あふ》れた。鍵盤についた湯月の手は、その戸惑《とまど》いそのままに不安定な音色を奏で続ける。

「ここで……するんですか？」

「俺の店だ」

何をしても構わないだろう、と笑う斑目に、諦《あきら》め半分応じることにした。斑目の手が湯月のボータイを解き、ベストのボタンを外す。たったそれだけのことにすら、肌がざわついて仕方がなかった。少しずつ剝《は》ぎ取られていくのを、実感する。

それは単に着ているものだけでなく、自分の素顔を覆い隠しているものを剝ぎ取って、心の奥を曝《あば》かれる感覚に似ていた。じっくりと味わわされるぶん、少しずつ露《あらわ》にされることで危機感はいっそう大きくなる。

湯月は、平静を取り戻そうと店内を見回した。

金のかかった内装。このピアノ一つとっても、かつて湯月が通っていた『希望』というバーとは違った。生きるのが下手で、損ばかりしている者たちが集まっていたかつての湯月の楽園はみすぼらしく、それでいていとおしかった。

あの光景を思い出し、ここは器用に生きる者たちが集まる場所だと感じた。

金を手にした人生の勝者たち。

だが、本当にそうだろうか――。

「……ぁ……っく！」

別のことを考えるなとばかりに首筋にきつく歯を立てられ、苦痛の声をあげる。

ポロン、とまた音が鳴った。

撫でるように触れて出るピアノの音が湯月の戸惑いを吐露《とろ》しているようで、それを聞かれることに羞恥を覚えた。それがわかっているのか、湯月は抱え上げられたかと思うと鍵盤の上に座らされる。

ポロロロ……ンッ。

より大きく揺れる音。鍵盤の冷たさにビクリと反応すると、凶目が含み笑った。そこに尻を乗せたまま、湯月は探るような愛撫に翻弄されていた。どんなに呼吸を整えようとしても、状況は悪化の一途《いっと》を辿《たど》る。

「ぁあ……、……ッ、……っく」

頭の中に、不協和音が流れ込んでくる。それはこの行為をより深く実感させるもので、深く溺《おぼ》れていき、悪循環となる。

「いい……、性格、……ですね」

湯月は、自分に襲いかかってくる斑目の色香に取り込まれていた。

音は、押し寄せる波のようだった。

鍵盤の上に座った状態で、下半身はほとんど脱がされ、上も半裸の状態になった湯月は、歌い続けるピアノの音にも溺れていた。少しでも自分のペースに戻そうとするが、そう簡単なことではない。主導権を握られっぱなしで、斑目のやりたい放題だ。

まだスーツをきっちりと身につけている斑目の憎らしいことと言ったら、言葉にならなかった。自分だけが乱れ、余裕を残す斑目にいいようにされている。

猫科の動物が、獲物をすぐに殺さず弄《もてあそ》ぶのと同じだ。いつでも殺せる鋭い爪で相手を軽くつつき、転がして愉《たの》しんでいる。

「何が不満なんだ？　ぇ？」

「何って……、全部、です、よ……っ、……ッあ！」

「俺を愛してるんだろう？　ここが、そう言ってる」

自信満々な言葉を否定できないのが、情けなかった。

溢れる先走りを拭《ぬぐ》われ、後ろに手を伸ばされて斑目を幾度となく咥えたそこはすぐに熱くなった。自分の躰とは思えないほど、本人の意思とは裏腹に斑目を欲しがっている。

はしたない躰を恨めしく思うが、どうにもならない。

「ぁう……っ、ぅ……っく、……ッふ！」

指が、ゆっくりと体内に入ってくる。白分がどんなふうに躰を拓《ひら》かされるのか、しっかりと味わえと言わんばかりだ。そんな斑目のサディスティックなやり方に、取り繕う余裕すらなくなっていく。

「いいぞ。お前のその表情は、見ていて気分がいい」

「はぁ……ぁ……ぁ、……ぁ……」

斑目の闇のような視線を感じながら、自分がその中に深く引き摺《ず》り込まれていくのを感じた。どんなにもがいても、ひとたび囚われると二度と這《は》い上がれない。絡みつく視線は、まるで実態を伴っているかのように、湯月の肌を撫で回す。

見られるだけでこれほど熱くなるのは、相手が斑目の時だけだ。

セックスの時はもちろん、カクテルを作る時も、いつもこの瞳に煽《あお》られる。ぞくぞくと全身をわななかせてしまう。

「……ぁ……あ……っく、……俺を……っ、こんなところで、抱く……くらいなら……、美園さんって人の……ところに……」

「今から行ったら、お前が困るんじゃないか、湯月」

「あ！」

当たらずも遠からずといったところだ。ここで放り出されたら、洒落《しゃれ》にならない。

「はぁ……っ、……ぁ……あ……ぁ……、……」

手をつく場所がなくて、また鍵盤に触れた。

ポロロン。

零《こぼ》れる音が、湯月を深みに連れていく。

「お前のせいで出た損失の穴埋めに、俺が奔走《ほんそう》してるんだぞ。少しは愉しませろ」

斑目が余裕の態度でスラックスの前をくつろげ、下着の中から屹立を取り出した。焦《じ》らすようなゆっくりとした一連の動作に、躰は限界だった。

空腹の獣が、目の前に餌《えさ》を見せられているのと同じだ。匂いを嗅《か》がされ、見せつけられるだけ見せつけられる。ようやくそれにかぶりつくことを許されても、行儀よく食べろと命令される。自分の意のまま欲を満たすことなど、決して許されない。

「誰も……頼んで……っ、――ぁあ……っ！」

あてがわれ、湯月は思わず目を閉じた。

「俺が負けるところが見たいんだろう？」

一気に貫こうとはせず、徐々に引き裂く斑目のやり方に全身が震える。下半身が疼いてたまらない。早く欲しいのに、くれない。ひどい男だと思いながら、その相手を欲しがってしまう自分が腹立たしくもあった。

「そ……です、ね……、……あ、……ぁあ……っ！」

そんな日はもう来ないと言いたげに深々と挿入され、湯月は尻で斑目を味わうことを堪能《たんのう》せずにはいられなかった。

けれども、斑目はすぐには動こうとはしない。挿入したあとは視線を注ぐだけで湯月の反応を眺めて愉しんでいる。舌先をチラリと見せながら舌なめずりする斑目は、まるで悪魔のようだった。

「どうした？　もうギブアップか？」

「ぁ……あ、……ど……して、……見る……ん、……ですか……、……っ」

「お前が、見られたくないと思ってるからだよ」

「ぁ……、悪趣味、ですね……、……はぁ……、……っ」

「動いて欲しいなら、言葉でお願いしろ」

尻を掴まれ、深いところに収められたまままきつく揉みしだかれる。

「――あ……っ！」

なんとも言えない刺激に、湯月は身悶《みもだ》えるしかなかった。

動いてくれ。ちゃんと、中を擦ってくれ。

本音が訴《うった》えているのはそんなことばかりだが口にするのは癪《しやく》で、ひたすら耐え、そしてもどかしさを募らせる。限界を探ろうとする斑目の前では圧倒的に不利だが、そうせずにはいられない。そういう性格なのだ。

「強情だな。やせ我慢がどこまで続くか、見物だな」

「あ……っ」

より強く尻を掴まれ、ギリギリまで煽られた躰にさらなる火を放たれた。躰が啜り泣くほど焦《じ》れて、たまらない。

「あう……っ、あ、……ぁ……あ、……ァア……ッア、……アア……ッ」

駄目だ。もう、限界だ。

斑目の雄々しさに目眩《めまい》を起こし、迫り上がってくる快感に身を任せ、白濁を放った。

「――ぁあ……っ」

掠れた声が、喉の奥から漏れる。

斑目はまだほとんど腰を動かしてはいないというのに、あっさりと射精したことに深い敗北感を味わいながら、斑目のスーツの上着についた欲望の痕跡をぼんやりと眺めた。

「俺のスーツを汚しやがったな」

斑目は湯月が零した欲望の証を拭い、べろりと舐《な》める。

いつもは理性的な武装で身を固めている斑目だが、そこにいるのは紛《まぎ》れもなくただの獣だと思わされた。高級なスーツの下に隠されているのは、紳士とはほど遠い存在と言える。

「勝手にイきやがって……どうして言わない？」

「あなたに……そんなこと言っても……、無駄、でしょう？」

「わかってるじゃないか」

「場所……っ、……変え……っ、——っ！」

そうすることが許されるとは思っていなかったが、苦悶させようとでもいうのか、脚のつけ根が痛くなるほど両脚をさらに広げられる。

「——ぁう……っ！」

繋がった部分を見せろとばかりに尻を浮かされ、不安定な状況でやんわりと突かれて声をあげた。一度絶頂を迎えた中心は、再び硬度を取り戻している。動きは次第にリズミカルになっていき、逞《たくま》しい腰つきに湯月は夢中になった。

より深く、より激しく、まるでお仕置きとばかりに突き上げられ、悦びが全身を包み込む。斑目に揺さぶられるたびに、深い愉悦の中に沈んでいくようだった。

いやらしく腰をグラインドさせる斑目に、歌わされる。

「ぁ……ッ、ぅう……っく、……ッふ！　……ぁあっ！」

自分がどんなにはしたなく斑目を貪《むさぼ》っているとわかっていようが、取り繕う余裕などなかった。ただ、突き上げられるまま身を差し出して、注がれる愉悦を貪り尽くすことしかできない。

堰《せき》を切ったかのように溢れる欲望は、それまで湯月をかろうじて留めていた場所からさらに奥深くへ引き摺り込む。

「お前は、俺のものだ。どこでやろうが、俺の勝手だ」

「ぁ……ぁ……、ッあ、……ぅ……うん……、……ぁ、あ、あ……、……っく」

苦悶《くもん》の声を漏らしながら、湯月はある想いに囚われていた。

やはり、戻ってきたのは間違いだったかもしれない――。

そんなふうに思ってしまうのは、斑目の執拗《しつよう》な責め苦があまりにも自分を狂わせるからだ。

飢《う》えが欲望をより大きくすると知っている男は、そう簡単に満たしてはくれない。

だからこそ、深い愉悦の底に身を沈めてしまうのだ。

これ以上溺れたくないと思い、もっと深く溺れてしまいたいという相反する気持ちに翻弄されながら、湯月はただただ斑目の欲望に晒されていた。

自分がわからなくなる。思考が麻痺し、斑目と繋がっていることで身も心もいっぱいにされる。他のことが考えられなくなり、ただ貪る獣と化すだけだ。

「……湯月、……お前は、素直じゃないが、こっちは、わかりやすくて、いい」

ふ、と笑と、斑目はさらに動きを速める。欲しかったものをようやく与えられて、躰は歓喜して再び絶頂へと向かっていた。きつく吸いつくそこは、信じられないほど柔らかくほぐれ、ねだるように斑目を包んでいる。

「いいぞ、もう一度イけ」

「……ぁあ……ぁ、……んぁ、……はっ、……っく、……ぁ……っ」

腰で尻をぶたれる音が、店内に響いた。他に音は何もなく、自分と斑目だけの世界を満たしている。音は次第に速くなっていき、あまりに生々しい音に耳を塞ぎたくなるが、同時に己の浅ましさに煽られているのも事実だった。動物のように貪り合う自分たちに触発され、さらに酔い、欲望が刺激される。

(も……駄目だ……っ)

観念し、迫り上がってくるものに身を任せた。

「……っく、――ぁぁぁああ……っ！」

後ろに咥えた斑目を締めつけながら、下腹部を震わせて二度目になる絶頂を迎える。この瞬間は、すべてがどうでもよくなる。恥も外聞もなく、張っていた意地も無に帰すのだ。

そして、斑目の口から微《かす》かに呻《うめ》き声が聞こえると、その熱い迸《ほとばし》りを奥に感じた。


真夜中を過ぎた街には、疲労と狂騒《きょうそう》の余韻が漂っていた。

湯月を存分に突き上げた斑目は、指原の運転する車で移動していた。心地いい疲労を味わいながらタバコを灰にするこの時間を、斑目はとりわけ大事にしている。

ふと、ハンドルを握る指原から何か言いたげな空気を感じ取り、斑目はその目許を、バックミラー越しに確認する。感情を隠しきれていない。

「美園姐さんのところには、何か贈っておきますか？」

「そうだな。そうしてくれ」

斑目は、口許を緩めた。

どうやら、女のところに行くよう説教をするのはやめたようだ。数日後にはまた言うかもしれないが、『blood and sand』に行くと伝えた時から、今夜はもう諦めなければならないと覚悟したらしい。そのフォローをするのはもっぱら指原で、口煩く言いたくなるのも納得できる。

だが、行く気にならないのを無理して会いに行くことは、斑目の選択にはなかった。金ならいくらでも使ってやるが、ご機嫌取りのために自分の行動を制御されるなど、考えられない。それは、指原もよくわかっているだろう。

「何がいいでしょうか？」

「俺より美園の好みを知ってるだろうが。お前が適当に選んでおけ」

「好きでそうなったわけではありません」

語尾に、ほんの少しだけ不満の色が表れていた。斑目のためを思ってのことだろうが、隠せない本音から、湯月に対する感情も見て取れる。湯月が小舅と表現したくもなるはずだと、自分のせいで指原の反感を買っている湯月を思っておかしくなった。

「それよりお前、湯月に美園のところに行くよう俺に言えとせっついたらしいな」

返事はなかった。

「チクチク小舅みたく苛めてるんだろう？　湯月がぼやいてたぞ」

「申し訳ありません。今後、余計なことは……」

「誰がそんなことを言った」

言葉を遮《さえぎ》ると、バックミラー越しに不審そうな視線を送ってくる。

「もっとやれ」

口角を横に広げ、斑目はほくそ笑んだ。そのシーンを想像するだけで、気分がよくなる。

あの湯月が、眉間に皺を寄せているのかと思うと愉しくてならない。

「俺がいないところで、もっとあいつを苛めておけ。小舅みたくねちねちやっていいぞ。わかったな」

「は、はい」

素直な返事だったが、その声には戸惑いが感じられた。

2

湯月が手に大きな花束を抱えて釜男《かまお》のマンションに向かったのは、斑目に抱かれた翌日のことだった。『キロネックス・釜男』の名前でステージに立っていた親友は、『希望』にいた頃からのつき合いだ。

一度は途《と》切《ぎ》れかけた縁が復活してからは、よく会っている。癌《がん》で闘病生活を余儀なくされていて、少し前まで入院していた。今は、一時的に退院している。まだ仕事には復帰していないため、釜男が寂《さび》しがらないようにできるだけ顔を見せるようにしていた。一人でいると、余計なことばかり考えてしまう。

斑目に抱かれた疲れは隠しきれないが、約束を破るわけにはいかない。

（くそ、本当にこのままでいいのか……）

せっかく花束まで用意して釜男に会うというのに、湯月はいつの間にか眉間に皺を寄せていた。考えないようにしていたが、すぐに思い出してしまう。

『お前は、俺のものだ。どこでやろうが、俺の勝手だ』

傲慢《ごうまん》な台詞《せりふ》を口にする斑目の姿が脳裏に蘇《よみがえ》り、頬が熱くなった。それがまた腹立たしく、軽い苛立ちを覚えながらも顔を赤くするという、本人にしてみれば不本意な状態に陥《おちい》っている。自らの意思で戻ってきたとはいえ、ああも好き放題されるとやはり不満は募った。

一度は、斑目を愛しているという自覚さえ持った。殺されるかもしれないという極限の状態の中、そんな確信すらあった。けれども、今はそんな感情すらも疑い始めている。

(俺は、本当にあの人のことを愛してるのか……)

好き放題抱かれたことへの不満は、このまま素直に斑目の愛人を続けていいのかという自問に変わっていた。

確かに、カウンターの中で味わう高揚は他の誰にも感じない特別なものだ。けれども、それ以上に腹の立つことばかりで、憎たらしいと思うことはあれど、愛なんて感情とはほど遠く感じるのだ。

いっそのこと、この手で刺してやろうと思うことすらある。

そもそも、自分が斑目の愛人に素直に収まってしまうことに違和感があるのも否《いな》めない。

(大体、ガラじゃないんだよ)

釜男のマンションが見えると、湯月はいったん自分を落ち着けようと立ち止まり、軽くため息をついてから敷地の中へ入っていった。マンションの出入り口でインターホンを鳴らしてオートロックを解除してもらい、部屋に向かう。エレベーターを降りて廊下を歩いていると、すでに部屋のドアを開けて釜男が待っていた。

「いらっしゃい、亨ちゃ〜ん」

「よ。元気か？」

軽く手を挙げると、湯月は持ってきた花束を釜男に差し出した。クリーム色の大輪のバラをメインに、ダリアやマーガレットなども入れてもらった。バラは店のガラスケースの中でひときわ美しく咲き誇っていたためメインにした。花屋で大きな花束を作ってもらうのはむず痒《がゆ》いが、釜男が喜ぶ顔を見られるのなら多少の羞恥心は捨てられる。

「やだ〜、すごく綺麗《きれい》。ありがと。男性から花束を贈られるなんて、嬉しいわ」

釜男は両手を頰に当て、顔を赤らめた。それを受け取ると、目を閉じて匂いを嗅ぐ。

「ん〜〜〜、すごくいい香り」

「元気そうだな」

「ええ、すごく調子がいいの。亨ちゃんのおかげね」

斑目のおかげで、釜男の癌治療は上手く行っていた。コネでもなければ到底すぐには診《み》てもらえない医師の診察を受け、手術をしてもらうことができた。

摘出手術は成功し、何度かに分けて行われる抗がん剤治療もいい効果を上げている。時期がくれば、再び検査をして抗がん剤の投与を始めるが、今のところ順調のようだ。

相変わらず痩せていて化粧もしていないうえ、髪が抜けてしまっているが、湯月と一緒に選んだウィッグのおかげで見た目は以前とそう変わらない。釜男が持っているステージ用のウィッグはさすがに派手すぎて日常では使えないため、湯月がプレゼントした。

この際だからと、三パターン作った。肩までのストレートの黒髪と、毛先をカールさせた栗色のロング。もう一つは、少しワイルドなカットが特徴のシャンパンゴールド。

今日は栗色のロングだ。ウィッグを着替えるだけでも気分転換できると言って、釜男は喜んでいる。その笑顔が見られるなら、いくらでも買ってやる。どうせもとは斑目から受け取った金だ。バーテンダーとしての給料に愛人契約のぶんが上乗せされているため、かなり高額で正直なところ持て余している。これほど有効な使い道はない。

「さ、さ、座って」

釜男に腕を引っ張られ、湯月は部屋の中に入った。

「何か飲む？　紅茶かコーヒーでも」

「俺がやるよ。お前は座ってろ」

「あら、あたしは元気よ。亨ちゃんのほうが疲れてそう。どうかしたの？」

「別に……」

斑目に散々突き上げられた昨日のことを思い出し、無意識に前髪を掻き上げた。その仕草に何か感じたのか、釜男が瞳を輝かせて言う。

「あら。もしかして……亨ちゃん、昨日カレシに会ったのね？」

ギクリ、とし、視線を合わせた。

瞳に映る光がハートマークになっている気がするのは、釜男が容赦なく飛ばしてくる好奇心のせいだろう。顔の前で手を組み、目を輝かせて迫ってくる。

「ヤクザのカレシとエッチしたんでしょ！」

何も涙ぐむほど興奮しなくていいだろうと思うが、釜男は鼻息を荒くしながら湯月に迫ってきた。とても闘病中とは思えないパワーだ。

「したのねっ！　エッチしたのねっ！」

「お前には関係ない」

「きゃ〜〜〜っ、やだやだっ。やっぱり思った通りね。あの彼、絶倫なのね？　そんな顔してたわ！」

うっとりとしている釜男を見て、友達相手だぞ……、と呆れるが、こういう逞しいところは釜男のいい部分でもある。

「お前な……、俺を妄想のネタにするな」

「でもでもっ、あんな悪そうな色男のカレシがいるんだもの。するなというほうが無理ってものよ〜」

以前から釜男の妄想のネタにされていたが、湯月が斑目のもとを離れた時に一度会っているらしく、それ以来さらに妄想が広がっているようだ。

確かに、斑目はイイ男だ。いつも男に騙《だま》され、善良な男はつまらないなんて平気で言う釜男の好みにも合致《がっち》している。闇そのものといった色香と、悪行を重ねた背景がもたらす背徳の匂いが、夜の街で働いてきた釜男のアンテナに反応するのだろう。すっかり斑目のファンと言ってもいいほど、釜男はご執心《しゅうしん》だ。

ただし、自分とのロマンスを想像しないところがわからない。確かに、実際に斑目と愛人契約を結んでいるのは湯月だが、どういう趣味をしているのだと、長年の親友の頭の中がどうなっているのか知りたくなった。

「ね、ね、ね。どんなエッチだったの？　昨日はどんなエッチしたのっ！　色疲れするくらいだもの～。意地悪で倒錯《とうさく》したエッチだったんでしょうね～」

「詮索するなら、二度と来ないぞ」

ジロリと睨《にら》むが、釜男は動じない。

「やだ。亨ちゃんは来てくれるわ」

「来ない」

「来るわ。だって、亨ちゃんは冷たいふりしてるだけで、本当は優しい男だもの。あたし知ってるんだから」

こんなふうに言われると、何も言えなくなる。信頼を向けられているような気がして、反論できなくなるのだ。それはまるで母親に「大丈夫よ」と言われている気分だ。

大丈夫。

何が大丈夫なのかわからないが、そう言ってもらえるだけで安心できる。このままの自分を受け入れ、包んでくれる優しさを感じるのだ。

湯月が反論しなくなったのを見て、釜男は「うふふ……」と笑いながら悩ましいため息を漏らした。

「本当。羨《うらや》ましいわ〜。あたしもカレシが欲しい〜」

「俺がいるだろ」

肩を優しく抱いて耳元でそう囁《ささや》くと、釜男は少し驚いた顔を湯月に向け、先ほどとは違う戸惑いの紅潮を頬に浮かべた。

こういう反応は可愛《かわい》いと感じる。見た目はただの痩せこけたおっさんでも、釜男の心は乙女だ。それが可愛さとなって現れる。それは、表面しか見ない人間には、決して気づけない釜男の魅力だった。

「そうね。あたしには、亨ちゃんがいるわ」

「だろ？　寂しいなら、もっと遊びに来てやるぞ」

「もう、亨ちゃんも悪い男。あんなに格好いいカレシがいるのに、あたしを誘惑するなんて」

「あいつはただの金蔓《かねづる》だ」

金にものを言わせて自分を連れ戻そうとした斑目を思い出し、そっちがその気ならと、斑目をそんなふうに言った。戻ったことに変わりはないが、まだあの男のものになるつもりはない。自分をすべて渡したわけではない。

「やだ、素敵。色悪の台詞じゃない」

もじもじしながら釜男が言うと、ますます可愛く思えてくる。

「でも、本当だぞ。一番大事なのは、釜男だ」

本音だとわかってもらうために、声のトーンを変えて言った。

斑目より、釜男のほうが大事なのは明白だ。斑目は裏切ってもいいが、釜男のことは裏切れない。斑目はいつでも見捨ててやるが、釜男なら全力で助ける。この手で護《まも》る。どんな状況になっても、護り通す。

「だから、ちゃんと病気治せよ。元気になってステージに立つところを俺に見せろ」

「うん、そうする」

「お前のステージ、楽しみにしてるからな」

「ありがと、亨ちゃん」

それから湯月は、釜男のために紅茶を淹《い》れ、テレビを流しながらゆっくりとした時間を過ごした。恋人同士のように肩を抱いてやり、身を預けてくる釜男に肩を貸した。

一時間ほどそんなふうに二人で過ごしてから、帰ることにする。元気でも闘病中だ。あまり長居すると疲れさせてしまう。

「じゃあな。そろそろ帰るよ」

「ええ、また来てね。あたし、亨ちゃんの顔を見ると元気になるの」

嬉しい言葉に、湯月は来てよかったと思った。斑目のことを妄想されるのは本意ではないが、あの笑顔と言葉を聞けただけで相殺《そうさい》される。

「またな。あんまり無理すんなよ」

そう言って釜男のマンションを出た湯月は、駅に向かって歩いた。タクシーを使ってもよかったが、今は歩きたい。気分がよく、足取りも知らず軽くなった。

しばらく風を浴びながら歩いていたが、ふと背後からの視線を感じた。

誰かに、尾行《つ》けられている――そう感じた湯月は、立ち止まらずに、背後に神経を配りながらそのまま歩いた。気のせいかとも思ったが、それは確信に変わる。

（誰だ……?）

相手が誰なのか考え、一つの可能性に辿り着いた。

『blood and sand』に相談役たちが訪れたのは、昨夜のことだ。もしかしたら、湯月の行動を見張らせているのかもしれない。忠告はしたが、湯月が妙な動きをしてはいないか探っていてもおかしくはない。斑目は、組にとって重要な人物だ。湯月の裏切りを見逃してくれたのも、それだけ斑目を買っているからだ。

けれども、限界はある。相談役が脅したように、二度目があれば湯月は無事でいられないはずだ。斑目のいないところで、湯月を処分することくらいのことはするだろう。

（ま、いいか。好きにしろ）

今は、尾行されて困ることなど何一つない。斑目を裏切る時が来たら、上手くやる。少なくとも、尾行を気づかれるような相手にばれないようにやる。

湯月は、いつまでも消えない背後の気配を鼻で嗤った。


尾行の気配は、翌日も消えなかった。さらに、その翌日も……。

仕事に行く時や、買い出しに外出した時など、妙な視線を感じる。かと思えば、まったく感じない時もあった。常に貼りつかれているわけではないというのが、本当に組の上層部による見張りだと思えなくなってきて、気持ち悪さだけが大きくなっていった。

いったんそうなると、不快感は大きくなり、相手を確かめずにはいられなくなってくる。

（いい加減にしろ……）

仕事に向かう途中、四日ぶりに視線を感じた湯月は、今日こそ相手の正体をつきとめてやろうと、いつもとは違うルートを行くことにした。出勤時間まではまだある。

繁華街に入っていくと、人混みを歩き、そして人気のないほうへ向かった。入り組んだ路地と妖《あや》しげな店の看板。不法な行為に手を染めている者も多い場所だ。ここで何かが起きても、警察官はすぐには駆けつけない。誰も、そう簡単には通報しない。

（今だ……っ）

いきなり走り出した。足音がついてくる。やはり思い過ごしではなかったと確信した湯月は、角を右に曲がってまたすぐ左に向かった。鉄骨の階段と大きなゴミ箱。腐臭。

さらに右に曲がり、追ってきた人物の背後に回れるよう、建物の陰に身を潜《ひそ》めた。

すると、上下黒の衣服に身を包んだ人物が走ってくる。フードで頭を覆っているため、顔はまったく見えない。

「——おい」

低く言うと、男が振り向いた瞬間を狙って襲った。

「——っ！」

黒いフードを被った人物は、ご丁寧に目出し帽まで被っていた。人混みでこの格好はしていなかっただろう。襲う気であとをつけて、人目のない路地に入ったところで湯月に尾行を気づかれたと確信し、そして目出し帽を被ったに違いない。

なかなか賢い奴だと思いながら、拳《こぶし》を叩き込む。受けられた。

「……っく！」

腕を取られてねじ上げられそうになるが、身を翻《ひるがえ》して解き、回し蹴りを喰らわせる。外した。迫る拳。ギリギリのところでよける。

(くそ……っ)

相手の動きが予想できない。

「お前……っ、誰だ……っ?」

聞いて答える相手でないとわかっていても、聞いてしまう。そんな自分を嗤いながら、まだ余裕がある証拠だと思い、さらに男に攻め入った。

「ぐぅ……っ」

蹴り。膝に入れた。地面に倒れかけたところで飛びかかろうとするが、下から突き上げるような手の動きに一度身を引き、体勢を立て直す。

(誰なんだ……っ)

動きが速く、さすがに息が上がった。舐めていたわけではないが、かなりの手練《てだ》れだ。

しかし、運良く相手が足を滑らせて体勢を崩した。見逃さない。

「ぐぅ……っ」

今しかないと突進し、仰向けに倒れたところで馬乗りになる。目出し帽に手を伸ばすが、男は観念したのか抵抗しなかった。潔いところは認めてやると思いながら、ようやく終わったと、息をあげながら安堵する。もう少し引き延ばされたら、確実に自分のほうが地面に沈んでいた。

斑目の敵なのか。それとも、別の組織の人間なのか。あるいは、斑目が囲っている女が差し向けた者なのか――。

指原の言葉や態度から、斑目が女のところから足が遠のいているのは事実だ。不満を持った女の誰かが、湯月を狙わせる可能性もある。

ほんの短い時間の中で、色々な可能性を考えた。だが、目出し帽を取った瞬間、自分の予想がどれも的外れだったことを知る。

予想だにしなかった男の顔を見て、すぐには言葉が出なかった。

「よ。相変わらず強ぇな、トオル」

悪びれもせず、右手を軽く挙げて笑うのは、紛れもなく湯月の知っている男だった。

「……ショーゴ」

驚きのあまり、そのままの体勢で男を見下ろした。

「お前……何やって……」

「どいてくんない？」

軽い口調で促され、自分がいつまでも馬乗りのままでいることに気づいてすぐに退《ど》き、手を伸ばす。ショーゴは湯月の手を取って立ち上がると、ニヤリと笑った。

「お前に押し倒されるなんて、ちょっとドキッとするよ」

流暢《りゆうちょう》な日本語だが、ショーゴは日本人ではない。名前も通名で、本当の名が別にあるということも知っている。

楊浩然《ヤオ・ハオラン》――二〇一五年まで続いた中国の一人っ子政策によってできた、黒孩子《ヘイハイズ》と呼ばれる無国籍児。戸籍のない人間。まともな教育を受ける権利を与えられず、マフィアの手により売り買いされ、労働力として酷使《こくし》される。

発展する中国の裏に巣くう闇――。

ショーゴはまさにそんな存在だ。それを知ったのは、今から八年ほど前。

湯月は、斑目と出会う前のことを思い出していた。

あれは、馬場が死んでからひと月くらい経《た》った頃だろうか。

湯月に居場所を与えてくれた馬場の死により、再び行き場を失った湯月は、行く当てもなく街を徘徊していた。釜男たちともバラバラになり、誰も頼れずこれからどうするべきか考えていた。時々、日雇いのバイトをしてなんとか喰い繋いでいたが、それも限界で財布の中身はほとんど空だった。

駅のコインロッカーが、自分の部屋みたいなものだった。大事なものだけをそこに入れ、一日一回それを開けてコインを投入するのが、日課になっていた。

アルマジロ獣人のフィギュアと、わずかな持ち物。そのために、食べることもままならない状態の中、一日百円を使った。それは、自分が生きている証でもあった。それらのために百円を払う執着があるうちは、生きていると感じられた。

だが、それもそろそろ限界にきていて、生きるのが面倒になり、誰か背後から自分を刺してはくれないかなどとくだらないことを考えるようになっていた。自分で死ぬ気力もなく、かといって生きる力も湧かない。

馬場のもとでバーテンダーの修業をすると決めていたのだ。習ったのはステアの技術だけで、他には何もできない。しかも、馬場のことはバーテンダーとして尊敬していた。格好いいと思っていた。他にバーテンダーを知っているわけではないが、心の中で密かに師匠のように思っていた相手がいなくなった。

まだ十代の湯月が、馬場の死に戸惑うあまり無気力になるのも当然だ。

その日の夜も、行くところがなくて公園の横の歩道を歩きながらどこで寝ようかと考えていると、走ってくる足音が近づいてくる。

「退け……っ！」

すごい勢いで向かってくる男を避けようとしたが、間に合わず軽く躰がぶつかった。だが腹を立てるほどではない。再び踵《きびす》を返して歩き出すと、今度は中年の男が追いかけてくる。

「待てコラァッ！」

今度はぶつかられないよう、すぐによけた。すると、見た目に反してかなりのスピードで走り抜けていく。あれでは、捕まる可能性は高い。何をやったんだ……、と青年の走っていったほうをぼんやりと眺めた。けれどもそれ以上興味は湧かず、再び歩き出す。

（面倒臭ぇな……）

ベンチで寝るのは寒すぎる季節だが、もうそれでもいいかとすら思い、公園の中に入っていった。だが、肝心のベンチは少し前に降った雨で濡れていた。まだ芝生のほうがマシかと、植え込みのある一画を覗《のぞ》いて寝られる場所を探す。すると、いきなり背後から声をかけられた。

「おい」

振り向くと、男がいた。歳は同じくらいだろうか。短い黒髪と一重で切れ長の目。湯月もよく痩せっぽっちだとからかわれたが、体型は似たようなものだ。先ほど中年の男に追われていた青年だと気づくが、特に興味は湧かなかった。

「何？」

「返して」

ツカツカと歩み寄ってきた青年は、いきなり湯月のジャンパーのポケットに手を突っ込んできた。咄嗟《とっさ》のことに反応できず、中のものを抜き取られる。

「へへ～ん」

それは、財布だった。湯月のではない。見たことのない財布だ。ぶつかった時に入れたようだが、まったく気づかなかった。下手すれば共犯者にされるところだったが、青年はまったく悪びれた様子もなく笑っている。

「サンキュ～。あんたのおかげで助かったよ」

「捕まったのか？」

その言葉に軽くムッとした顔をしたため、図星だとわかった。

「あのおっさん、案外走るの速かったもんな」

「車にぶつかりそうになったんだよ。あの車がこなけりゃ余裕だったっての」

自分でも負け惜しみと思ったのか、言ったあとに少しバツが悪そうな顔をした。そして、こう続ける。

「あー、わかったよ！　俺が相手間違ったの！　おっさんがあんだけ足速いなんて普通思わねぇだろ。なんか学生の頃、陸上選手だったとか自慢してた。よ、証拠のコレが出てこなかったから、ざまぁみろだったけどな」

素直なところがあるようで、好感が持てた。知らないうちに共犯者になる危険を背負わされていたことは、すぐに忘れる。

「俺、ショーゴ。あんたは？」

「湯月」

「ユヅキは行くとこねーの？」

いきなり呼び捨てにされ、人懐っこい性格だとわかった。そして、行くところがないことを見抜く鋭さにも気づく。どうしてわかるのだと思い、無言のままどう返事しようか迷っていると、それすらも読んだかのようにさらに言った。

「わかるさ。俺もそんなだったから。服も汚れてるしな」

頭のてっぺんから爪先まで観察され、自分はそんなに汚いのかと腕の匂いを嗅いでみた。慣れてしまったのか、よくわからない。

「行くとこねーなら俺と来ない？　寝るところくらいあるぜ。安い銭湯も知ってる。ほら、来いよ」

少し強引だったが、断る理由もなく、ショーゴについていった。遠いぞと言われ、延々と歩く。その言葉通り、本当に遠かった。ユヅキユヅキと煩いため、呼ばれ慣れている亨のほうを教える。ショーゴはおしゃべりでずっとしゃべっていたが、なぜか鬱陶《うっとう》しくはなかった。適当に返事をしながら歩くのも、悪くはない。

連れていかれたのは、小さな町工場が沢山ある場所だった。その中の一つに、ショーゴのねぐらはあった。倒産したまま、放置されているのかもしれない。そこには、同じ歳の頃の男女がいた。日本人だけではない。中国人やフィリピン人らしいアジア系の十代の少年や少女だ。皆痩せているが、悲壮感はなかった。

この豊かな日本にも、子供だけで肩を寄せ合うように生きている人間がいるのだなと、その時初めて知った。


懐かしい記憶だった。

一緒にいたのはたった一年足らずだったが、濃い時間だった。一緒に生きた。

ショーゴが兄貴で、他の連中は弟や妹のようだった。

再び失うことを無意識に警戒していたのか、必要以上に馴れ合わないようにしていたが、湯月の存在があの集まりの中心になったのは、言うまでもない。それまでショーゴが一人で背負っていたような状態だったが、頼りになる存在として、湯月は受け入れられた。

スリや盗みを働きながら肩を寄せ合って生きていたが、結局中国系のマフィアに目をつけられて、そこにいられなくなった。仲間の一人が、ヤバイ人物に目をつけられたのだ。子供の集まりのようなものだったため、脅されて解散させられただけだったが、今度目の前をうろついたら確実に殺すという言葉は、本気だったはずだ。

そんな事情があって、仕方なくバラバラになった。つるんでいるのを見たら殺すとも言われたのだ。命の危険を犯してまでも一緒にいる理由はない。

やはり失った。

それが、湯月の感想だった。『希望』を失った時のような喪失感はなく、ただなるべくしてなったのだなと、悟りの境地だった。

結局、湯月は再び行き場を失い、女のところへ転がり込んでヒモのような生活をすることを覚えた。釜男にも言ってない、湯月の過去だ。過去というには、あまりにも脆《もろ》く崩れすぎた。当時の湯月の心が、執着することを恐れていた。

普段は思い出すことのない記憶が蘇り、なんとも言えない気分になる。

「なんだよ。幽霊でも見たような顔してんじゃねーぞ。ほら。ちゃんと足ついてんだろ」

片足ずつ軽く上げておどけてみせるショーゴは、昔のままだった。

「どうして俺の居場所がわかった？」

「さぁ〜て、なんでだろうね〜」

ふざけた態度ではぐらかされ、相変わらずだと軽く口許を緩めた。

「で、俺になんの用だ？」

そう聞くが、ショーゴは答えない。意味深に笑っているだけだ。

もう何年も前に別々になり、一度も連絡を取っていなかったというのに、自分の居場所をどうやって突き止めたのだろうと思う。しかし、昔からショーゴは情報を取るのが上手かった。この人懐っこさで他人の懐《ふところ》に飛び込み、欲しいものを手にした。知恵もあった。それを思えば、特に身を隠しているわけでもない自分を捜すことなど造作もないことだろうと納得する。

「トオル。お前、今何してるんだ？」

「何って？」

「えらく高級そうな店で働いてるだろ」

知ってるのか……、と思い、まさか斑日との関係まで気づいているのではと一瞬考えた。

「たまたまいい話が転がってきたんだよ。お前と出会う前はバーに入り浸《びた》ってて、バーテンの仕事も少し習ったし」

「へぇ、そうだっけ？」

「言ってなかったからな。あの頃はバーテンなんてやるつもりもなかった。それより、お前こそ何してるんだ。いきなり俺のところに来て、何かあったのか？」

その問いに、答えはすぐに返ってこなかった。ショーゴは考え込むような仕草をして、少し迷った態度を見せてからこう言った。

「お前の助けがいる」

短く、だが、その言葉には重みが感じられた。軽い頼みではない。本当に困っているから助けを求めに来たのだとわかった。もともとショーゴはそう簡単に人を頼るタイプではない。以前いたあの場所も、ショーゴ一人で背負っていた。湯月が来たことにより助けにはなったが、それでも自分からそれを求めるようなことはしなかった。

どういうことだと、目で問う。

「俺たち、短い間だったけど助け合って生きてたよな。助けたり、助けられたり」

確かにショーゴの言う通りだ。生きる気力すら失っていた湯月は、ショーゴたちに助けられた。ショーゴに誘われなければ、あのままホームレスになっただろう。みすぼらしいねぐらだったが、最低限の生活はできた。

そして、一人で抱え込むショーゴにとって湯月の存在が助けになったように、自分がいることで助かる人間がいるという環境が、湯月を救った。『希望』という場所を失った湯月に、生きる理由を与えてくれたとも言っていい。おかげで、立ち直ることができた。

解散してからはヒモ生活をするようになったが、それでもあの短い時間が、湯月を救ったのは確かだ。

ショーゴはめずらしく真剣な表情になると、思いつめたようにこう言った。

「なぁ、トオル。俺を助けてくれ」

ショーゴと再会してから、一週間が経った。湯月は、物思いに耽《ふけ》りながらバーカウンターの中でグラスを磨いていた。心ここにあらずだ。

今日は平日でピアノの生演奏も入っていないため、店内に客はそう多くなかった。それだけに、余計なことばかり考えてしまう。

俺を助けてくれ。

ショーゴからあんなふうに言われたのは、初めてだった。どんなに大変でも、あんなふうに助けを求めてきたことはない。だからこそ、彼が本当に湯月の存在を必要としているとわかる。

「何かあったのかね?」

「え……」

谷口が柔らかい笑顔を浮かべたままそう聞いてきて、湯月はグラスを拭《ふ》く手を止めた。長いこと同じものを拭いていたことに気づいて、すみません……、と表情に出して別のグラスを手に取る。

「仕事の手がおろそかになるなんて、めずらしいものだな」

「気をつけます」

今日は客が少ないとは言え、仕事中にぼんやりするなんてバーテンダーとして失格だ。気持ちを切り替えろと自分に言い聞かせ、ショーゴに言われたことを頭の中から追いやる。

「責めているのではないよ。君はまるで長年生きてきたみたいに感じることもあるからね、そういう未熟な部分を見せてもらえると、ホッとするよ」

前にも似たようなことを言われたことがあるが、谷口の目に自分がそんなふうに映っていると思うと、複雑な感じがした。

「若い者が悩むのはいいことだ。苦悩が人を育てることもある」

思慮深い表情に、小さく俯《うつむ》いてから再び手を動かし始めた。なぜか谷口の言葉は、心にぐっと入り込んでくる。

それからフロアマネージャーから注文が入り、湯月はクラウド・バスターというシャンパンベースのカクテルを作り始めた。

サワーグラスにウォッカを注ぎ、キューブアイスを加える。さらにシャンパンで割って螺《ら》旋《せん》状に切ったレモンの皮をグラスに飾って完成させた。シンプルなカクテルで飲み口はよく、レモンの風味が爽《さわ》やかな女性向けのカクテルだ。グラスの中に入れたレモンの皮とキューブアイスに、炭酸がまとわりつくように踊っていた。シャンパンの微かな色合いもあって、それは美しい仕上がりとなる。

それから何杯かカクテルを作り、残りが少なくなってきたゴードンを替えておこうと奥の冷蔵庫からそれを出してきた。

「オーナーがいらしたぞ」

フロアマネージャーに耳打ちされ、出入り口のほうを見る。斑目がカウンター席に向かって歩いてくるところだった。店内にはあまり入ってこない指原の姿を捜してしまうのは、苦手としているからだろうか。

斑目が女のところに行かないのを、またねちねち言われるのはゴメンだ。

湯月は斑目がいつも座る席に向かい、その前に立った。

「今日は何にしますか?」

「そうだな。ソルティ・ドッグでも貰おうか」

斑目が注文したのは、スタンダードなカクテルだった。オールドファッションド・グラスを手に取る。

湯月は、グラスの縁をスライスしたレモンで撫でるようにして濡らし、それを逆さにして塩を入れた皿の中で斜めにして回した。一度に全部縁をつけるのではなく、こうして回して縁を一周させることにより、均等かつほんの少し外側についた美しいスノー・スタイルができる。さらにグラスに氷を入れ、ウォッカを注ぎ入れてからグレープフルーツジュースで満たして完成させた。

斑目と出会った頃、一ヶ月でバーテンダーの技術をすべて覚えろと言われ、谷口のもとでそれらを教わった湯月が、最初に試されたカクテルだ。今考えると、滅茶苦茶《めちゃくちゃ》な要求だったと思う。

「どうぞ」

コースターの上にグラスを置くと、斑目はそれに手を伸ばした。口をつけた斑目が、微かに口許に笑みを浮かべてグラスを置くのを見て、快感にも似た思いを抱いた。この男を満足させるのがなぜこんなに気持ちいいのか、自分でもわからない。わかるのは、自分がこの瞬間を愉しんでいるということだけだ。

そして、ショーゴのことを思い出してしまう。その頼みを……。

「どうした？」

「いえ、別に」

ショーゴのことは、斑目に言うつもりはなかった。斑目には関係ない。このところ頭から離れない古い仲間のことは、今は忘れたほうがいい。でないと、何か勘づかれそうだ。

「あなたこそ、何かあったんですか？　こんな時間にめずらしいですね」

「まぁな。うちの若いもんが襲われてる」

「襲われてる？」

「下っ端ばかりだがな、南米系のチンピラに立て続けにやられた」

ふん、と唇を歪めて笑う斑目から、相手に対する感情が見てとれた。その言い方から、斑目の立場や組の存続を揺るがす存在でないとわかるが、面倒であることは確かなようだ。

「あいつらはルールもクソもないからな」

湯月は、相談役たちが店に来た時のことを思い出していた。あの時も、このところ台頭してきている外国人の犯罪集団の話をしていた。実際、この界隈《かいわい》でも外国人の姿をよく見るようになり、ここ数年で外国人の割合はぐっと増えた。

夜の街で働いていると、日本人との違いを見ることがある。一度見た喧嘩《けんか》の光景は、今でも脳裏に焼きついて離れない。喧嘩と言うには、あまりにも一方的すぎるものだった。

あれは、仕事を終えたあと、二十四時間営業の飲食店に立ち寄った帰りのことだ。

路地を歩いていると、店の裏口から口論する声がした。

中国語のような言葉でけたたましく怒鳴りつける声が聞こえたかと思うと、血まみれの男が転がり出るように飛び出してきた。怯えている。それを追いかけて出てきたのは、厨房服に身を包んだ男だった。料理人というより、皿洗いなど雑用をこなす服装だ。

最初に出てきた男が日本語で助けを求めているが、相手の男は人の目を気にするでもなく、すごい勢いで殴る蹴るの暴行を加え始めた。泣きながら助けを乞う声がまったく耳に届いていないのは言葉が理解できないのか、それとも無慈悲なだけなのか――。

厨房服の男は、息があがるほど暴行を加え、相手が瀕死の状態になるとそのまま店には戻らずどこかへ走り去った。店の厨房で働いていたのは間違いないが、二度と戻ることはないだろう。

安く使える外国人労働者と、彼らを酷使する側の間に存在する深い闇がそこにはあった。

あの時は、失うものがない人間の狂気を感じた。あれを思い出すと、不法に滞在している連中がどれだけ厄介なのか想像はつく。

「沢田《さわだ》のところも、やられた」

その名前を聞いて、ピクリと眉間に力が入った。無意識とはいえ、表情に出してしまった自分に舌打ちしたい気分だ。

斑目は視線を上げて唇を歪め、グラスを傾けた。やはり、見られていたらしい。

「そんな顔をするな。いずれ奴には思い知らせてやる」

「別に、そんなことは頼んでません」

「俺のもんに突っ込んだことを後悔させてやる。いずれな……」

俺のもん——自分をそう呼ぶ斑目に、抵抗を感じないわけではなかった。確かに愛人に違いないが、女のように護られるつもりはない。このところ、一度は自覚したはずの己の気持ちに疑いを抱いているだけに、こんなふうに言わせておいていいのかという気持ちもある。だが、斑目なりの自分への執着だと思うと、目くじらを立てなくてもいいかという気になった。そして何より、誰がどう思っていようが関係ないという態度が、あえてそのことについては黙る選択を湯月にさせる。

「それで、今どんな状況なんですか？」

「実行犯はビザの切れた不法滞在の外国人だ。組織的な繋がりがないからな。使い捨ての駒《こま》しか見えてない。もう少し時間が必要だ」

「あなたにしては、弱気ですね」

「俺がか？」

面白い、と視線を上げてニヤリと笑う。

何かを企《たくら》んでいそうな危険な笑みに、まずいことを言ったと後悔した。斑目が弱気であるはずなどないが、時々こうして挑発めいたことを口にしたくなるのだ。あとでどうなるかわかっていても、やめられない。

「違うんですか？」

その問いに、斑目は答えなかった。ただ、笑っているだけだ。

「まだやることが残ってる」

グラスを空にした斑目は、二杯目を要求することなく席を立った。

「また連絡する」

立ち上がった斑目は、愉しげに目を細めた。かと思うと、いきなり手を伸ばされ、首の後ろを摑まれて引き寄せられる。

「――っ！」

「覚えておけよ」

耳朶《じだ》に唇が軽く触れた。囁く声にも、そして何かを仄《ほの》めかす言葉にも、ゾクリとする。

客のいる店内でこんなふうに煽るなんて、あまりないことだ。

湯月が危機感を抱いたのを確信したのか、斑目は満足そうな顔をすると流し目を送りながら立ち去った。視線の余韻のようなものは、いつまでも湯月の心にまとわりつく。

スーツの背中が消えた店のドアを眺めながら、斑目には二度と会いたくないと思う湯月だった。


湯月の思いが届いたのか、それから斑目が店に来ることはなかった。

このまま顔を見ることなく、使い捨てのチンピラに刺されたなんてニュースでも飛び込んでくれれば願ったり叶ったりだと思ったりもしたが、さすがに人生はそこまで甘くない。漏れ聞く話から、斑目が組の下っ端を襲っている連中を追いつめるために動いているのはわかった。あの斑目のことだ。捕らえたチンピラを元気に拷問《ごうもん》しているのかもしれない。

自分を抱く時のサディスティックな斑目から、その様子が容易に想像できる。

(ま、そっちに夢中なら俺はしばらく解放されて楽だ)

しばらく顔を見なくて済むかと思うとせいせいする気がして、カウンターの中で気分よくグラスを拭いていた。『blood and sand』は、いつもと変わらず大人の空間を演出している。

特に今日ステージにいるジャズピアニストの演奏は、たまらなくよかった。哀しくて、切なくて、心を震わせる音色をしている。演奏しているのは恰幅のいい黒人で、ほとんど白髪になっているところに、人生の重みを感じる。

けれども、せっかくの夜だというのに、湯月は再び別のことへと思考を巡らせていた。

あれ以来、ショーゴは顔を出さない。考えておいてくれという言葉を残して、立ち去った。連絡先は教えてくれたが、答えが出ない今は番号を貰ったところで意味はない。

考えておいてくれ――残されたその言葉が、湯月をがんじがらめにしている。

(俺は、どうしたいんだ……)

ショーゴが言ったのは、再び昔のように仲間を集めて自分たちが自由に生きられる場所を作りたいというものだった。そのために、手を貸してくれと……。

無国籍児や親に捨てられた者。社会の闇が生んだ、歪《ゆが》み。犠牲。

昔は子供だった。やり方を知らなかった。だから中国系のマフィアに目をつけられて、まるで野良猫のように追い払われた。せっかく作った居場所を失った。

だが、今度は違う。大人になり、上手くやる知恵も術も見つけた。

無国籍児のショーゴは、人身売買の対象となったと聞いている。日本に来るまで、まさに泥水を啜るような生活を強《し》いられていただろう。教育すらろくに受けられず、最低限の人権さえ保障されず、ただ道具のように使われながら生きてきた。だからこそ、安住の地を作りたいのだ。浮き草のようにふわふわと流れていくような人生ではなく、ここが自分の居場所だと言えるところを求めている。

湯月は、ショーゴの明るい笑顔を思い出していた。

嘆きたくなるような境遇だったはずなのに、逞しく生きている。ちゃんと笑えている。ショーゴのあの笑顔を、本当のものにしたい。心から満たされた笑顔にしてやりたい。

死にかけていたような時に助けてもらった恩があるからこそ、強く願ってしまう。

けれども、そう簡単でないのも確かだった。簡単に捨てられないものが、あるからだ。

自分が消えたら、釜男はきっとまた寂しがるだろうと思う。釜男はまだ闘病中だ。完治するまで傍《そば》にいてやりたい。釜男がステージで不死鳥のように蘇り、踊る姿を見たいのだ。

そして、何よりも強烈に斑目の顔が脳裏に浮かんで、湯月は眉間に皺を寄せた。

（なんで……）

この状況であの男のことを思い出す自分に、腹が立つ。まるであの傲慢な男が一番の未練であるように、頭から離れない。

斑目のもとへ戻ってきたのは、自分の意思だ。裏を返せば、斑目のもとを去るのも、自分の気持ち一つだということになる。すべてが自分の思い通りにならないことを、あの男に味わわせてみたいという思いもある湯月にとって、今の状況は絶好のチャンスだ。

斑目にひとことも残さず、消える――。

それを知った時の斑目を想像するが、思いのほか心躍らなかった。

（どうして、俺は……）

自分の中にある複雑な想いを、湯月は持て余していた。

捨てがたいのは、斑目と対峙《たいじ》してカクテルを作る時の高揚かもしれない。他の誰にも感じたことのない快感は、湯月の心を斑目という男に縛りつけていた。

あの瞬間を、手放しがたいと思っている。唯一、対等になれる瞬間。何度躰を許しても、自分が自分でいられるのは、斑目が肉体的快楽を与えてくれるだけの、ぬるま湯に浸からせてくれる存在ではないからだろう。

湯月の中にあるのは、他の誰よりも自分が斑目を唸《うな》らせる相手でありたいという思いだ。何人の女を囲っていようが、どうでもいい。男を何人抱いてもいい。けれども、自分を差し置いて足繁く通うバーがあるとするなら、その時こそ湯月の心は激しく乱れ、嫉妬に狂うだろう。

悔しいが、それだけは否定できない事実だ。

その時、店の出入り口のほうで騒々《そうぞう》しい足音がした。異様な雰囲気を感じた湯月は、そちらに視線を遣《や》った。外国人の男が入ってくる。南米系で何やら様子がおかしい。この店の客層とは、まったく違う。

フロアマネージャーも気づいたようですぐに向かうが、入ってきた男は、伸ばした腕を肩の高さまで上げた。手に持っているものがなんなのか気づくのと同時に、銃声が響く。

「きゃぁぁあああーーーーーーーっ！」

女性客の悲鳴と、混乱。客は一斉に男に注目し、そして即座に次の行動に移った。ソファーの後ろや椅子の後ろに隠れ、衝立《ついたて》の向こうで縮こまる。

男は銃を構えたまま、無言で店内に入ってきた。

（――くそ……っ！）

湯月は、カウンターを飛び越えると男に向かった。また銃声。立て続けに三発。自分に向けられた銃口が、鈍く光る。

だが、怯《ひる》まなかった。アドレナリンでも出ているのか、怖いとは感じなかった。そして、何も考えなかった。ただ、腹立たしかっただけだ。『blood and sand』を滅茶苦茶にしたのが、許せなかった。客のいる時間に、こんなふざけた真似をする男が許せなかった。

湯月は、この店をいたく気に入っている。斑目は憎らしいサディストだが、センスは抜群だ。これほどの店は、そうそう見つからない。谷口もいる。腕のいい貴重な存在と言えるだろう。ジャズピアニストの演奏も、よかった。

あんなもので破壊などさせない。ふざけている。

「――ぐ……っ！」

飛びかかり、銃を握る手を摑んだ。男が何か言った。おそらくスペイン語だ。

暴れる男と揉み合いながら、銃口を人のいないほうに向ける。空席のソファーが目に入った。あれなら、着弾した弾が跳ねて他の客に当たる心配はない。

暴れる男を力で押さえ込みながら、引き金に指をかけた。

一発、二発、三発。

数える余裕はなかった。夢中で引き金を引いた。ここで失敗すれば、至近距離から撃たれる。店内にいる全員の安全が、自分にかかっている。

必死だった。

そして、いつの間にか銃声が変わっていたことに気づいた。撃鉄が火室を叩く音がカチ、カチ、と鳴っているだけだ。いつからかは、記憶にない。

湯月は、男をすぐさま取り押さえようとした。しかし、逆に腕を取られたかと思うと頬に拳を叩き込まれ、逃げられる。

「湯月っ」

「大丈夫です」

息があがっているが、平気だ。フロアマネージャーが、店のドアを閉めて施錠する。安全も確保した。

「お客様。申し訳ございません。犯人は逃げて施錠もしました。今、警察を呼びますのでご安心ください。ここは安全ですので、どうかこのまま待機を……」

フロアマネージャーが客を落ちつかせるために、手の空いているバーテンダーにチェイサーを配るよう指示した。この状況では、警察に通報するしかない。

「湯月」

「大丈夫ですよ。どこも……」

「血が出てるぞ」

見ると、確かに足元の絨毯《じゅうたん》が血で染まっていた。自分が取り押さえた男を殴った時の血なのではと思ったが、それにしては量が多い。目眩がした。

「こっちだ」

フロアマネージャーに腕を摑まれ、近くのソファーに誘導される。まだ自分がどういう状態なのかわからず、素直に腰を下ろした。

「平気かね？」

谷口が近づいてきて、跪いて顔を覗き込んでくる。返事をしようと思ったが、そうする前に、谷口の顔色が変わった。

「これはいかん」

「ぁ……っ、……っく」

肩に痛みを感じ始めると、それは次第に大きくなっていった。ズクズクと熱を持ち、少しでも腕を動かすと肩に激痛が走る。むんとする血の匂い。見ると、肩が濡れていた。

白いシャツが血を吸って赤く染まっている。

客の不安そうな視線が自分に集まっていることに気づいて、自分がひどい有様《ありさま》になっていることをようやく理解した。

3

暗がりの中、アルマジロ獣人のフィギュアがうっすらと浮かんでいた。静けさの中に佇《たたず》むそれは愛嬌《あいきょう》のある顔をしていて、なんだか落ちつく。静止したものを見ているからか、静《せい》寂《じゃく》はより深く感じられて、湯月はぼんやりとそれを眺めていた。

（いい顔してんなぁ）

斑目のところから逃げて『海鳴《うみな》り』で働いていた頃、斑目が帰ってこいと言って持ってきたものだ。金にものを言わせて手に入れてきた。外箱のないものにいくら払ったのかは知らないが、なんでも金で解決しようとするゲスなところが今思うとおかしくもあった。

斑目はヤクザだ。ゲスでなくなったらおしまいだ。足を洗って堅気になったほうがいい。気持ちいいくらいの悪党だからこそ、感じる魅力もある。

「頭でも打ったか……」

己の思考に呆れ、湯月は軽く笑った。どうかしている。

店での騒動があってから、五日が過ぎていた。ショーゴからの連絡はない。

あのあと、病院で治療を受けた湯月は病室で警察の事情聴取を受けた。肩に被弾していて、骨にヒビが入っている。貫通して出血も多かったが、後遺症が出るような怪我にはならなかった。入院も二晩しただけで済んだ。

しばらくバーテンダーとしてカウンターの中に立つことはできないが、怪我をしていなかったとしても仕事はできない。銃を持った男に襲われた『blood and sand』は、一時的に閉鎖せざるを得ない状況になっているからだ。

あんな事件が起きた直後だけに、店を再開する時期に対しては慎重にならざるを得ないだろう。

おそらく襲ってきたのは、このところ『誠心会』系の下っ端にちょっかいを出している連中だ。これまではチンピラを狙っていたが、やり方を変えた。シノギの一つではない趣味で経営している店を選んだのには、何か理由があるのか。それとも、ただの挑発なのか。

これは、組の幹部の間で話し合われることだろう。

「う……っ」

湯月はゆっくりと身を起こすと、左腕を庇いながらベッドに座った。部屋の明かりをつけ、着替えを始める。痛む肩に、顔をしかめた。着替えすらままならない。釜男のところに行く予定も、キャンセルした。

事件はニュースにもなったため、釜男は事件のことを知っているが、もう少し怪我の状態がよくなってから行こうと思っている。でないと、涙を浮かべて心配する。

なんとか着替えを済ませたところで、電話が鳴った。相手は、指原だ。

『これから迎えに行きます』

「わかりました」

マンションまで迎えに来ることになっていて、その十五分前に連絡を入れるとのことだったが、時間はぴったりだ。指原の有能ぶりを垣間見《かいまみ》た気がして、あの指原が自分を邪魔な存在だと思うのも無理はないと感じた。

斑目の出世に響く存在であることは、間違いないのだから……。

湯月は、指原が来るまでにと、ドリップコーヒーを淹《い》れて飲んだ。人心地ついたところでインターホンが鳴り、相手が指原だとモニターで確認すると部屋を出る。

「時間ぴったりですね」

「当然です。どうぞ」

斑目の下に仕えている以上、主の言うことを忠実に聞く犬だった。たとえ斑目がいなくても、こうして湯月のためにドアを開ける。どんなに不満でも、そうする。

ただ、時々それが態度に出たり、湯月の口から斑目に女のところへ行くよう忠告しろなどと言わずにいられなかったりするだけだ。

「くれぐれも、失礼のないようにお願いします。今日集まる方々がどんな立場の人かあなたもおわかりになっているでしょうが……」

「わかってますよ」

遮るように言うが、指原はやめない。

「特別扱《あつか》いに慣れておられるようなので、釘を刺したまでです」

「重々承知しました」

わざと慇懃《いんぎん》な言い方をして、窓の外を見る。ガラスに映った自分の顔は、うんざりしているとあからさまにわかるものだった。

警察の事情聴取は終わっているが、今から『誠心会』の幹部のところへ行き、あの時のことを説明することになっていた。あの場にいて発砲した男と対峙《たいじ》した湯月から、直接話を聞きたいと幹部の誰かが言ったらしい。

しばらく、無言で運ばれる。指原とこんなふうに二人きりになることなど滅多《めった》になく、居心地が悪かった。挑発的な物言いをしてしまったことも、その思いに拍車をかけている。

「ところで、怪我の具合はどうですか？」

ふいに話しかけられ、驚いた。まさか、指原が自分を気遣うようなことを言うとは、思っていなかった。斑目に傷の具合を聞いておくよう言われたのならわかるが、これから行く先に斑目はいるのだ。わざわざ指原を通さずとも自分で聞けばいい。この男が、場を持たせるために聞きたくもない質問をするとも考えられなかった。

不可解に思いながらも、とりあえず質問には答える。

「まぁ、回復してますよ」

「谷口さんに聞きました。客に怪我人が出なかったのは、あなたのおかげだと」

「それは……どうですかね」

それきり、会話は途切れた。ただの気まぐれだったのかと思い、また無言で運ばれる。

湯月が連れていかれたのは、タワーマンションだった。

「まだ全員揃ってませんが、すでに来ておられる方もいらっしゃいます。本来は先に待っていなければならないような方ではないですが、あなたの怪我の状態を考えて……」

「それもわかってますよ」

今日集まっているのが、湯月のような一介のバーテンダーに待たされなければならないような、そんな小物でないのは十分承知だ。本当に小舅だな……、と車を降りて歩きながら、指原の背中をじっと眺めた。

「こちらです」

案内され、中へ入っていく。

そこには、厳《いか》つい顔の男どもが勢揃いしていた。その中を睨まれながら歩き、奥の部屋へと進む。ドアの向こうは想像していたよりずっと広い空間だった。

大きなテーブルを囲むように、大型のソファーが間隔を空けて並んでいる。余裕のある配置は、ここにどんな男たちが集まるのか仄めかしているようだった。若田組と堂本《どうもと》組に分かれて、距離を少し空けて座っている。どちらの組長も、まだ到着していないらしい。テーブルには、ウィスキーやアイスペイルなどが揃っていて、ホステスふうの女が酒を注いでいた。

「湯月、久しぶりだな」

ウィスキーを飲んでいた沢田は、ショット・グラスをテーブルに置いて脚を組み替えた。タバコを咥え、湯月を舐めるように見ながら紫煙《しえん》を燻《くゆ》らせる。したたかな男盛りは斑目にも負けず劣らずの男前で、今日も腹に一物《いちもつ》抱えた顔をしている。

「ご無沙汰《ぶさた》しております」

頭を下げて、沢田のほうへ向かった。今は斑目より上の立場にいるため、沢田を無視することはできない。ここはおとなしくしているべきだ。

斑目が、沢田のことを見ていた。落ちついた態度だが、どこか殺気のようなものも感じられる。あからさまに敵愾心《てきがいしん》を剝《む》き出しにするのではなく、静かに、だが無視できない存在感を漂わせる視線は、沢田ほどの男すら牽制《けんせい》するものだ。

二人の間の空気が、ピンと張りつめる。

湯月は、あの男に拉致《らち》された時のことを思い出さずにはいられなかった。嫌な記憶だ。いいようにされた。好き放題、突っ込まれた。ゆさゆさと揺すられ、道具のように扱われた。今も、よく覚えている。

沢田に殺されるのかと思うと、絶望した。自分を殺すのは斑目ではなく、沢田なのかと、心底落胆した。斑目への渾身《こんしん》の裏切りを、無視されたと感じたからだ。

けれども、斑目は沢田への手土産とともに姿を現した。

「もう随分《ずいぶん》いいです」

「腕はどうだ？」

「銃を持った相手に素手で立ち向かうなんて、さすがだな。その根性があれば、別の仕事もできるんじゃないか？」

「うちのバーテンですよ。ヤクザな仕事をさせるより、酒を作らせたほうがいい」

斑目が、横から口を挟む。

沢田は斑目に視線を遣ると、余裕の笑みを見せた。挑発的だ。再びグラスに手を伸ばして、ウィスキーを舐める。

「確かに腕はいい。今日は酒を振る舞ってはもらえないようだな。湯月」

「残念ながら、この状態ですから」

「そのうち、また俺のために酒を作ってくれ。俺のためにな……」

まるで獲物を見つけた蛇《へび》が、割れた舌先をちらつかせて相手に迫るような、そんな雰囲気を感じた。狙った者に忍び寄る、不吉な影を思わせる。

だが、斑目はそう簡単に自分の獲物を他人に譲る気はないようだ。

「店に来てもらえれば、ご馳走しますよ。うちのバーテンは腕がいいですから」

「いい贅沢《ぜいたく》だ。カクテル一杯のために店をやるとはな」

「金のかかる道楽です」

斑目はそう言ってから、少し間を置いて意味深にこう続けた。

「あなたも、シノギとは別にご自分の店を持ってはいかがです？　いつでも極上のものが味わえる。自分の好きな時に、好きなだけ堪能できますよ」

酒のことだとも、湯月のことだとも取れる言い方だった。斑目があえてそんな言い回しをしたのは沢田にもわかっているようで、不敵な笑みを漏らす。

「好きなだけ、か……。だが、お前ほどの男でも、今回はしてやられたな。せっかくの店を滅茶苦茶にされた。好き放題に蹂躙《じゅうりん》されたのと同じだぞ、斑目」

「自分のものに手を出された落とし前は、いずれきっちりつけさせてもらいますよ。相手が誰であってもね」

それが、沢田のことでもあるのは明らかだ。

「斑目、その辺にしておけ」

今度は、菅沼が口を挟んだ。笑みを浮かべてはいるが、それ以上この場を乱すことは許さないという意思表示だった。さすがの斑目も、菅沼の前では言うことを聞くしかない。斑目を黙らせることのできる数少ない男は、沢田に向かって牽制の笑みを漏らす。

「まだ若いもんでね。若頭補佐にまで上りつめたってのに、血の気が多くて困りものだ」

斑目を窘《たしな》めはしたものの、場を乱すことを許さないのは、お前もだぞと目が訴《うった》えていた。

沢田もさすがに菅沼相手に挑発的な態度は取ろうとはせず、まず相手の出方を見るように慎重に言葉を発する。

「いや、うちのも似たようなもんだ」

「斑目にしかできん仕事もあってね。失うわけにはいかない重要な男だ。うちでは、稼ぎ頭でもある。まぁ、知ってるだろうが」

沢田は、無言で菅沼を見た。菅沼が、さらに続ける。

「時々、俺の知らないところでトラブルも起こしているようだ」

「なるほど。多少のことは多めに見てもいい存在というわけか」

斑目と沢田の間で起きた出来事は菅沼も知っていて、容認していると仄めかしているのと同じだった。それほど、斑目を買っていると……。

これには、さすがの沢田も面白くないといった顔をしていた。

「お互い、組の繁栄のためにいい仕事をしたいもんだ、沢田よ」

「そうだな」

菅沼が引く形で会話は終わったが、沢田のほうに不満が残っているのは明らかだ。さすがに斑目より上にいる人間は、したたかで肝《きも》の据わり方が違う。余裕がある。たったこれだけの会話だけでも、それがわかった。

それからしばらくして、堂本組長と若田組長が姿を現した。全員が立ち上がると、二人に頭を下げる。斑目が頭を下げる数少ない人間が、集まった。

これで二つの組の組長と若頭、舎弟頭が揃った形になる。若頭補佐の斑目がこの場にいるのは店を襲われたからのようで、他に二人いる若頭補佐も堂本組側の若頭補佐も、姿を見せない。一連の問題は、斑目が中心となって解決することに決まっているようだ。

ただ、動く以上、二つの組が無駄にぶつかることのないよう事前の協議を進めているのだろう。下っ端とはいえ、堂本組も標的になったのだから当然のことだ。

湯月は、全員が座るソファーの近くに立たされた。当時の状況を一から詳しく説明したあと、質問される。

「訓練されていたと思うか?」

「いえ。特別な訓練を受けた動きではありませんでした。ただ、一般客もいる店だったので、通報するしかありませんでしたが」

「奴らは、それが狙いか……。他に感じたことはあるか?」

「計画性もなかったように感じました。混乱させるためか、挑発のためかわかりませんが、特定の誰かを狙ったとは思えません。一度だけ言葉を発しましたが、スペイン語じゃないかと思います」

「メキシコ人か」

「見た目からしても、おそらく」

「確かに、最近はメキシコ系も増えたからな。街中でよく悪さをしている」

あらかた湯月への質問が終わると、立たされたまま放置される。

やることがなくなった湯月は、再びショーゴのことに思いを馳《は》せていた。今回の事件があってゴタゴタしたため、答えを出すのを保留にしていたが、そろそろ結論を出しておかなければならない時期だろう。ショーゴもそう長く待っていられないはずだ。

昔世話になった相手への恩義か、それとも今の自分を護るのか――。

「――湯月」

名前を呼ばれ、湯月はハッとした。

「どうした？」

「いえ、すみません。なんでもありません。ちょっと……まだ肩が痛むので」

全員の視線が自分に集まっていることに気づいて、取ってつけたような言い訳をした。斑目と目が合い、頭の中を覗かれたような気分になって居心地が悪い。

注目されていたのは、防犯カメラの映像を見てみろと言われたからだった。どうやって入手したのか、街中で堂本組のチンピラが襲われている姿が映っている。

感想を聞かれ、店に侵入してきた男の様子と酷似《こくじ》しているとだけ答えた。同一人物かまでは、わからない。質問は、それだけだった。

「それでは、指揮を執《と》るのはうちの斑目ということで」

「異論はない。存分にやってくれ。必要ならうちの若いのを使っていい」

協定を確認するような形で話し合いが終わると、湯月は斑目に連れられてそこをあとにした。指原の運転する車に乗ると、斑目がタバコに火をつけて不敵な笑みを漏らした。

「沢田の野郎、相変わらず面白いことを言ってくれる」

組長たちの手前、自分を抑えに抑えたが、本当ならあんなことを言われて引き下がる斑目ではない。

「道、違うんですけど……」

自分のマンションとは逆のほうに車が走っていることに気づいて、湯月はそう言った。だが、斑目は当然という顔をしている。

「誰が帰っていいと言った。今日は俺のところに来い」

嫌な予感がした。

「今からですか?」

「ああ、そうだ。バーテンの仕事ができないんだ。給料は払ってるんだぞ。せめて自分のできることくらいしろ」

「あなたが、そんなにケチ臭いことを言う人だとは思ってませんでしたよ。そもそも労災ですよね。むしろ長期休暇と給付金が欲しいです」
「沢田の野郎のおかげで、久々にいい気分でセックスができそうだ」
笑っているが、そこには沢田に対する殺意すら浮かんでいた。これはかなり頭にきている
はずだと思い、これからの自分が心配になる。
「言っておきますけど、俺、怪我人ですから」
「それがどうした」
何を訴えても無駄だとわかっていたが、こうもはっきりと言われるとやはり腹立たしい気
はする。そして、ハンドルを握る指原から不満めいた空気を感じた。
(だから俺に言われても困るんだって)
辟易《へきえき》し、せめて自分の意思とは無関係だと主張してみたくなる。
「女のところにでも行けばいいでしょう。怪我人を相手にするよりイイ思いをさせてくれる
んじゃないですか?」
「女をいたぶる趣味はない」
裏を返せば、男ならいたぶっていいということだ。自分が直面している危険に気づき、も
う何も言う気は起きなくなった。そしてこのあと、湯月は危機感を抱いたのは間違いではな
かったことを思い知らされることとなる。

斑目のマンションに連れて行かれた湯月は、容赦ない斑目の愛撫《あいぶ》に自分が甘かったことを痛感していた。多少のことは覚悟していたが、実際はそれ以上で、怪我人を気遣うどころかむしろ苦痛を浮かべる姿を愉しんでいる。

シャツの中に手を入れられ、躰を撫で回されながら煽るような愛撫に耐え、さらに肩の痛みにも耐える。包帯が巻かれている上から左の突起を爪で引っかかれ、今度は右側の突起を軽く嚙まれた。

「——ぁ……っ!」

ふいに襲ってきた痛みに、掠れた声をあげる。斑目の意図した通りの反応だったらしく、さらに調子づいたように横腹にまで嚙みつかれた。

「あっ、う……っく」

「あの場で何を考えていた?」

「……何が、です……、……ぁ……っく、……ぅう……っく」

「別のことを考えてただろう。肩が痛むってのは、言い訳だろうが」

「ぁ……っ! ……ッふ、……ぅう……っく」

乱暴に衣服を剝ぎ取られ、肩に痛みが走った。包帯の巻かれた肩を見て、少しは手加減しようという気にはならないのかと思うが、斑目にそんな期待をするほうが馬鹿だとすぐに考え直す。

「肩……本当に、痛むんですけど……？　……ぁ……っく」

「注文の多い奴だな」

跪くよう言われ、床に膝をつけた。すると、目の前に立ちはだかり、舌なめずりをしながら見せつけるようにスラックスのファスナーを下ろす。下着の中のものを悠々と出す仕草に、思わず見入っていた。

「俺を満足させろ、湯月」

髪をやんわりと摑まれ、奉仕しろと促される。

「手が使えないなら、口だ」

引き寄せられ、素直に口を開ける。すでに十分な硬さに変化したそれを口に突っ込まれ、目を閉じた。

むんとする牡《おす》の匂いに、湯月は自分の中に棲《す》む者の存在を強く認識せずにはいられなかった。己の中の、斑目を求めて止まない自分をだ。性的な奉仕をするために人の前に跪くなど、斑目と出会う前は考えられなかった。

けれども、今は違う。斑目の傲慢さを腹立たしく思うのと同時に、そうするのが当然という斑目の態度はどこか気持ちいい。

　だから、ひれ伏してしまう。

「沢田のお前を見る目……まだ諦めてないらしいな」

「ぁ……、……ぅん……、……ぅん……ぅ」

「一度突っ込んで、味をしめたらしい。中途半端に取り上げられることなんて、ないだろうからな。奴は、もう一度お前に突っ込みたがってるぞ」

「ぅん……ん、……んんっ、……んぅ……、……ぁ……ふ」

　沢田の話を続けながら奉仕させる斑目に、特別な意図があるように思えた。所有権を主張するように、沢田ができないことをしている――。

　そして湯月も、斑目に奉仕しているこの状況に酔い痴《し》れていた。

「そうだ。もっと舌を使え、湯月。俺を味わって、舐め尽くせ」

　相反する二つの感情が、同時に蠢《うごめ》いている。

　斑目に対する反発と、ひれ伏して悦ぶ被虐的《ひぎゃくてき》な気持ちだ。奉仕している姿を見下ろすその目の奥にある闇。そして、それに惹《ひ》かれずにはいられない自分――。

「口で俺をイかせてみろ、湯月」

　唇や舌でその形を味わい、さらに斑目の絶頂を促すよう協力した。啜るような音を立てて吸いついていると次第に息があがっていき、奉仕しているこの事実に興奮が押し寄せてくる。

夢中でしゃぶった。

夢中で味わった。

主は誰であるのかを、頭に叩き込まれるのと同じだった。先にイくことを許されず、まず主を満足させることを強いられる。従わされる屈辱を快感と繋げているのは、いったいなんなのだろうか。こうしている事実に、深く酔わずにはいられない。

「いいぞ、もう少しだ」

まだ余裕は残しているが、斑目が絶頂を目指しているのがわかった。しゃぶりつく自分の唇を見られていると感じるほどに、頬が熱くなる。見て欲しいとすら思った。

そして――。

「ッ……は」

屹立《きつりつ》が軽く痙攣《けいれん》したかと思うと、口から引き抜かれて顔面に射精される。

（あ……）

迸りをぶちまけられた瞬間、湯月は言い知れぬ快感に見舞われて目を閉じた。斑目の姿が見えなくても、自分のこの姿を見て愉しむ斑目の視線を感じる。

ふ、と笑う気配がし、ゆっくりと目を開けると満足げな斑目の視線に囚われた。さらに、放ったものを拭われ、舐めて綺麗にしろとばかりに口の中に指を突っ込まれる。

「まだまだだな。美園に教わってくるか？」

その言葉に、さすがにムッとした。いい性格をしている。

「だったら……っ、美園さんって人のところに行けば、いいじゃないですか」

「怒るな」

「怒って、なんか……、指原さんが、煩いんですよ……っ、俺に……、――っ！」

無視され、いきなり後ろに押し倒されたかと思うと、前をくつろげられる。すでに下着の中で張りつめているそれを見て、斑目はニヤリと笑った。

「もうこんなにしてるのか」

床に両手をついた状態で、観察するようにそこを見られる。近くで見られるとますます羞恥を煽られ、湯月は頬が熱くなるのを感じながらその視線に耐えていた。落ちつけと自分に言い聞かせるが、そう思うほど躰は逆の反応をする。

長い凝視に耐えられず、屹立がひくりと反応した。

含み笑い。

腰が蕩《とろ》けたようになり、心臓がすごい速さで鳴っている。頬も紅潮している。

「見られるだけで感じるのか？」

一束垂れた前髪の間から覗く目にしっかりと捉えられ、逸《そ》らすことができない。あの目がいけないのだ。闇そのものといった斑目の存在が、いけないのだ。

「いいぞ、そんなに欲しいなら、しゃぶってやる」

身を屈《かが》め、斑目は湯月の中心を口に含んだ。

「ぁ……っ、……っく、……あ」

強く吸われ、声を漏らす。

「今日は……、……は……っ、行かなくて……、いいんですか……？　あっ」

「お前がここを濡らして俺にしゃぶられたがってるんだ。ここで断るのは、男がすたるってもんだろう？」

ニヤリと笑う姿に、またゾクリとした。

滴《したた》る色香は、ほろ苦い蜜のようだ。ただ甘ったるいだけではない。飲み干したあと喉に絡みつくような苦さが微かに残る。それは、毒でもあった。躰を、そして心を痺《しび》れさせる危険な毒だ。いずれは死をも呼び起こす、毒。

じわじわと、確実にそれは効いてくる。

「ぁあ……っ、……ぁ……あ……、……ん……っく」

湯月は、自分を包む熱い泥濘《でいねい》に目眩を起こしていた。声を殺そうとするが、そうするほど斑目のねっとりと絡みつく舌が、そうさせまいとする。

「ぁあ……、……ぅう……ん、……ッあ！　……ッふ、……ぅう……んっ！」

下半身が蕩けそうだ。自分を捨てて、貪りたい。だが、まだプライドを捨てきれない。

そんな葛藤が湯月を包むが、抵抗していたのも束の間のことで、次第に自ら脚を広げてそこをさらけ出し、斑目の愛撫を求めるようになっていった。

そうなると、あとは斑目の思うままだ。

さらに後ろにジェルのようなものを塗られ、蕾《つぼみ》をほぐされて指を挿入される。

「ぁう……っ、……ぁぁあ……っ」

前と後ろを同時に責められ、湯月はすぐに観念した。取り繕うことすらできない。

濡れた音を立てて斑目の指にしゃぶりつく己の浅ましさを深く感じながら、さらに溺れていった。もどかしい刺激に、首を横に振って苦悶する。

「ハッ、ァ……ア……、……ぅ……ん……っ、……んん……んぅ」

ゆっくりと焦らすように指を出し入れされるのを、意識で追った。頭の中は、そのことでいっぱいだ。他のことは、何も考えられない。

「ぁ……っ、……ぁあ……っ」

広げてくれ。もっと、広げてくれ。

沸き上がる思いに、さらなる欲を掻き立てられる。悪循環だ。

指を二本に増やされ、自分が恐ろしいほど貪欲になっていくのを感じた。なぜ、斑目が相手だと、ここまで獣になれるのだろうかと思う。自分ですら気づかなかった己の奥に潜むものを曝かれ、目の前に晒されるのと同じだ。

「ぁ……ふ……、ぅう……っく、……ぁ……あ……ぁ……」

「湯月。お前のここは正直だ。欲しがって濡れてるぞ」

顔を上げた斑目に、そう言われた。

何度舌で拭われても、再び欲望の証は溢れ出す。はしたなく蜜を垂らし続ける自分の中心を見ながら、斑目が振り撒《ま》く牡の色香に敗北を認めた。結局、従うしかないのだ。

「あう……っ」

床に組み敷かれ、あてがわれたかと思うといきなり引き裂かれる。

「――ぁああ……っ！」

湯月は、苦痛の声をあげた。だが、それが斑目を止める理由にはならない。

斑目はいきなり腰を使い始めた。乱暴とも言える動きに、躰は悲鳴をあげる。しかし、それすらも湯月を昂らせるものでしかなかった。突き上げられることを望んでいるのは、否定できない。それは、斑目にもわかっているだろう。

「もっと腰を突き出せ、湯月」

「……ッは！　ぁあ……ぅ……ん、……んぅ……、……っく」

言われずとも、そうした。もっと突き上げて欲しくて、自ら尻を高々と上げた。リズミカルな動きに合わせて、視界も揺れる。

「ぁう……っ、……痛ぅ……っ」

背中から押さえ込まれているため、肩に痛みが走った。体勢を変えようにも、身動きが取れない。

「……肩……っ、……ぅ……っく、……痛いん、ですって……っ、——ぁ……っ！」

「俺の知ったことか」

傲慢すぎる物言いに、さすがだと嗤った。怪我を気遣って優しく抱いてくれるほど、甘い男ではない。つい先ほど思い知らされたばかりなのに、痛みを訴えた自分が滑稽《こっけい》だった。

けれども、斑目の口から信じられない言葉が発せられる。

「俺の店でぶっ放しやがって……」

「——っ！」

「お前の肩を撃ちやがった。おかげで、しばらくお前に……酒を作らせられない」

怒気を帯びた声に、耳許から背中にかけてぞくぞくとしたものが駆け抜けていった。

産毛の一本一本まで立ち上がるような感覚のそれは、嫌悪とはほど遠く、言葉にしがたい甘い戦慄《せんりつ》だった。魅惑的で危険なそれは、一度味わうと忘れられないものとなる。もう一度味わいたいと、願ってしまう。

「ぁあ……っ！」

「……必ず、八つ裂きに、してやる、……っく、……必ず、俺のものを壊したことを、死ぬほど後悔させてやる」

そこには、自分のものを傷つけられた怒りがあった。

それが湯月に対して何か愛情めいたものを抱いているからなのか、それともただ単に、店を滅茶苦茶にされたことへ怒りを覚えているからなのか、わからない。

「お前もだ。あんな、チンピラのせいで、シェイカーが振れないだと？」

「……っ、仕方、ない……でしょ、……銃、持って……た……、……ん……っく、……っふ」

「関係あるか。俺以外の男の痕跡を残すな。俺の愛人でいる以上、死守しろ。俺は、沢田の時もことも、まだ忘れちゃいないんだからな」

「滅茶苦茶、言わな……で、……くだ……、……はぁ……っ」

被害を訴えたいのはこちらだと言いたいが、それが無駄だということは、ここに来る車の中での会話ですでにわかっている。

「ぁう……っ、ッふ、……ぅう……っく、……ぁ……ああ……っ、ああっ！」

さらに深く貫かれ、痛みか快楽かわからないほどの強い衝撃に見舞われた。まるで自分のものだと主張するようなやり方に、斑目らしさを覗かされた気がする。どんな正論も通用しない。

優しさなど欠片もない抽挿《ちゅうそう》に、湯月は一晩中翻弄された。

柔らかい日差しが、店内に降り注いでいた。

その日、湯月は通り沿いにあるカフェでコーヒーを飲んでいた。病院に行った帰りで、肩の固定がようやく取れたが、まだバーテンダーの仕事を十分にこなせるわけではない。それでも、気分的は随分と楽になった。

斑目との激しいセックスから一週間が過ぎており、その間、一度も斑目からの連絡はなかった。『blood and sand』も再開の目途《めど》がたっておらず、時間だけが過ぎていく。

(平和だな……)

ショーゴが二度目の接触をしてきたのは昨日の夜のことで、待ち人が来るまでの間、湯月はぼんやりと店内を眺めていた。

店内には湯月と同じ年代の男女が多く、楽しそうに会話している者やスマートフォンの画面に見入っている者など、様々だ。誰も湯月のことを気にしない。銃で肩を撃たれた男が近くにいるなんて、想像もしないだろう。

しばらく平和な空気に浸っていたが、心はいつしか乱れてくる。

(いつか見てろよ)

斑目とのセックスに溺れた。我ながら堪《こら》え性がなくて、嫌になる。

自分の不甲斐《ふがい》なさに苛立ちを覚えていると、ふいに聞き覚えのある声が耳に飛び込んできて、湯月はレジのほうに顔を向けた。すると、同じカップを手にしたショーゴがこちらに向かって歩いてくる。店内にいる他の若者と同じように、平和を纏《まと》っていた。

湯月は、斑目のことを頭の中から追いやった。

「よ、トオル」

「ああ」

短い言葉を交わしたあと、ショーゴは席に着いた。ヤクザの愛人と国籍のない男は、平和な日常の中に違和感なく溶け込んでいる。

「待った？」

「いや、別に」

「そっか。今日は仕事何時から？」

「休みだよ」

ショーゴは、『blood and sand』での銃撃事件を知らないようだった。ニュースにはなったが、ゆっくりテレビを見る暇もないのか、それとも単にテレビがないのかは、わからない。

コーヒーを口に運んだショーゴは、軽く身を乗り出すようにテーブルに両肘を置き、真剣な視線を送ってくる。

「で、あの話、考えてくれたか？」

湯月は、目を合わせただけで返事をしなかった。

心はまだ決まっていない。

迷っているのはショーゴにもわかったらしく、それも当然だとばかりの顔をした。いい答えを望んではいたが、そう簡単でないと覚悟もしていたようだ。

「ま。わかってたけどね」

「ショーゴ。お前、具体的にどうするつもりだ？　昔も自分一人で背負ってたよな。また一人で背負うつもりじゃないだろうな？」

「トオルがいた」

「ああ、でも俺は背負ってはいなかった。リーダーなんてガラじゃないし、そんな人望もない。皆をまとめてたのは、ショーゴだろ」

「だから、助けてくれって頼んでるんだよ。それに前とは違う。それなりに頼りになる奴もいるんだぜ？　トオルほどじゃないけどな」

本当にそうだろうか。

ショーゴの性格を考えると、信じることはできなかった。確かに、まだ皆子供だったが、頼れるショーゴという存在がいたから甘えていたのも確かだ。そのことに口出しする気にはなれずに見て見ぬふりをしていたが、今は違う。同じことの繰り返しなら、ここで気づかせてやるのも思いやりだろう。

「今も昔も、俺は誰かの犠牲になんかなってねぇよ」

まるで、湯月が何を考えているのかわかっているような言葉だった。

「言っただろ。俺は、俺の居場所を作るんだ」

決意を滲《にじ》ませた声に、湯月は黙って話を聞き続けた。

「俺はただ、使い捨ての駒にされるようなのは嫌なんだ。わかるだろう？」

言いたいことは、わかる。

使い捨てにされてきたショーゴが、どんな思いであのガキの集まりを作ったのか、一緒にいてよくわかった。

あそこにいたのは、誰も手を差し伸べてくれなかった子供たちだ。売り買いされ、道具のように使われて生きてきた。だから、自分の居場所を求めて無力な者たちが集まった。貧しく、いつも腹を空かせていて、最後には蹴散らされるようにして解散することになったのだが、誰の支配下にも置かれなかった間は、人としての尊厳は保っていられた。

「俺は、俺でいたいんだ。人種なんて関係ない。上下関係もない、誰もが対等でいられる組織を作りたいんだよ。マフィアに使われたり、ヤクザに使われたり、そんなのはもううんざりだ。俺は人に階級なんかつけない。リーダーがいたとしても、全員の命の価値に優劣なんかつけない」

その言葉には、切実な思いが感じられた。

甘い理想だと言ってしまえばそうだ。人が人である以上、必ず上下関係ができる。差別も生まれる。だが、抗いたいのだ、ショーゴは。欲しいものを手にしようと、必死になっている。自分が求める理想を形にしようとしている。

「ビジネスを始める。誰かに使われるんじゃなく、自分でやる。それを手伝って欲しい」

「どんなビジネスだ？」

「それを聞くってことは、仲間になるってことだぞ」

ショーゴの態度から、違法なビジネスということだけはわかった。だが、最初からまともな仕事をやるとは思っていなかった。こうして助けを求めてきたということは、危ない橋を渡る覚悟をしているのだと気づいていた。

「まぁいい。中身をまったく知らないのに飛び込めなんて、言えないからな」

聞いてしまっていいのだろうかと思いながら、席を立つことはできなかった。ただの好奇心ではない。かつて自分を助けてくれた男が、これから何に足を突っ込もうとしているのか、知っておきたかった。心配なのだ。放っておけない。

「名古屋《なごや》に向かう。俺の仲間が郊外の土地を手に入れた。そこで解体業をやる」

「解体業……。車のか？」

「当然。経営者は正規の在留外国人だ。日本人と結婚させた。もともと似たようなことをやってた会社がある土地だ。設備も揃ってる。なんの問題もない」

それは、いわゆる窃盗ビジネスだ。ヤードと言われる解体場所で盗難車を解体し、海外に輸出する。盗難車の海外への持ち出しはハードルが高いが、解体して部品にしたり、鉄クズにしたりすれば、足がつきにくくなる。

「輸出のルートも確保してるってことか？」

「ああ。対等に取引できる相手がいる。どうだ？　自分でビジネスをやれば、誰にも搾取《さくしゅ》されずに自分たちを護れるんだ」

湯月は、小さく嗤った。

今さら法を犯すことに、躊躇《ちゅうちょ》はない。ショーゴといた時は、盗みやスリを経験した。そうやって、生きてきた。

そもそも、斑目から法外な金を受け取っている時点で、クリーンでないのは紛れもない事実だ。合法的な仕事をしながら汚れた金を貰うか、自らの手を汚して金を手にするかの違いに過ぎない。むしろ、自分は合法的な仕事に就き、安全が担保された中で違法に稼いだ金を貰うことのほうが悪質な気もする。結局、どうやっても綺麗には生きられないのだ。この手は、すでに汚れている。

「そう簡単にいくと思うか？」

「だから、トオルに来てくれって言ってるんだ。一度、俺の仲間に会ってみないか？　そしたら、お前の考えも変わるかもしれない」

「仲間か……」

「実はもう、あんまり待っていられない。俺の仲間に、トオルの返事がないなら諦めたほうがいいって言われた。俺はトオルを知ってるけど、あいつらは知らないからな。日本人を信じてない」

その言葉から、どんな人たちと一緒にいるのか、想像できた。

中国だけではなく、途上国には、日本では考えられない境遇に置かれた人たちがまだまだいる。二つある腎臓《じんぞう》の一つを自ら売る者もいれば、人体に有害なものが大量に含まれた汚泥《おでい》の中で、ゴミ漁りをするような者もいる。子供を売る親。まだ初潮すら来ていないのに性的な奉仕をさせられる女児。目を背けたくなるような現実。

だが、そうしなければ、生きていけない。

そこから抜け出すために危ない橋を渡る者は、いくらでもいるだろう。綺麗ごとだけでは、生きていけない。

「近いうちに返事をくれ。あと、長くて一週間。二週間経ったら、もうこの街を出る」

「……わかった」

「いい返事を待ってるよ」

それだけ言って、ショーゴは立ち去った。一人になった湯月は、自分のこれからについて考えた。あと二週間で、答えを出さなければならない。

恩を返すか、それとも今手にしているものを護るのか――。

ふと、斑目とのセックスを思い出し、眉間に皺を寄せた。

『関係あるか。俺以外の男の痕跡を残すな。俺の愛人でいる以上、死守しろ』

銃を持った男が相手だったことは知っているのに、あの言いよう。自分を躊躇させているものの筆頭であるかのように出てきたことも、面白くない。

斑目の身勝手な言動は今に始まったことではないが、考えると段々腹が立ってくる。あの指原ですら、客に怪我がなかったのは湯月のおかげだと口にしたというのに、斑目はそのことに感謝の片鱗《へんりん》すら見せなかった。

（ったく、誰のせいでこうなったと思ってるんだ）

無意識に爪を噛み、苛立ちを抑える。

やはり、今がチャンスかもしれない。斑目の周辺がごたついている今なら、簡単に逃げられるだろう。あの小舅のように煩い指原から、ストレスを受けることもなくなる。斑目が囲っている女のところに行かないのを、自分のせいにされなくていいのだ。

斑目に関わると、ろくなことがない。

あれこれ考えているうちに、ご執心だった医者のことまで思い出してしまい、ますます不機嫌になった。

湯月を抱きながら、欲しい男がいると言った。手に入れた時は、自慢げに連絡までしてきた。そして、ロッカールームでのあの行為――。

斑目に関して腹立たしいことを挙げていけば、キリがない。次々と湯水のように溢れてくるのだ。気持ちを落ちつけようとカップを口に運んだが、そこで気がついた。コーヒーは入ってない。空だ。仕方なく、席を立つ。その瞬間、顔をしかめた。

「――痛ぅ……っ」

斑目に抱かれて傷が開いたのか、急に肩の傷が痛んだ。

随分よくなっているはずだが、まるで裏切りは許さないぞと釘を刺そうとしているかのようなタイミングだ。肩に手をやり、斑目のふてぶてしい表情を脳裏に浮かべる。いつまでも疼く傷はチンピラが放った銃弾によるものだが、なぜか斑目につけられた所有の証のように思えてならなかった。

（そんなわけあるか……）

湯月は、駅のほうへ歩いた。駅に近づくにつれて人は多くなる。日常の風景を見ていると、ショーゴの話が現実味を失っていくようだった。違法なビジネスに誘われ、助けてくれと言われていることも、ショーゴたちのような境遇に置かれた者が当たり前のようにいることも、遠くに感じる。しかし、今目にしている人々が普通だとは限らない。何気ない日常に潜むものがあるとしても不思議ではない。

そんなふうに思いながら歩いていると、ふと見覚えのある横顔を見つけ、足を止めた。

「谷口さん……」

「おや」

谷口は、湯月の姿を確認するなり笑顔を見せた。頭を軽く下げ、近づいていく。

「買い物ですか？」

「店が休みなものでね。仕事が休みだと、することがなくて困るよ。君は？」

「友達と……ちょっと」

店でしか会ったことがない相手に、こうして昼間に会うのは少し不思議な感じがした。私服姿は見たことがあるが、昼間の光の下だと印象が変わる。

「肩は大丈夫かね？」

「はい。そろそろシェイカーも振れそうです」

それを聞いた谷口は、「それはよかった」と言って笑顔を見せてくれた。優しい表情だ。

どちらからともなく、駅に向かって歩き出す。

「君はいい腕をしている。特にステアはわたしが教えることはなかったね」

「でも、他は全部谷口さんのおかげで覚えられました」

「いやいや。基本はね、もうできていたのだよ。最初から上手く匂いを捕まえることができたのは、本当のカクテルの味を知ってるからだ。本物を知っているのと知らないのとでは、雲泥《うんでい》の差なのだよ。君にステアを教えた人物は、いいバーテンダーだったのだろうね」

谷口ほどのバーテンダーに褒《ほ》められると、自分のことのように嬉しかった。『希望』の中で死んでいった馬場。アルコール依存症で、よく手が震えていた。湯月に居場所を与えてくれた相手でもある。ショーゴにはいなかった。だから、自分で作ろうとしている。

「歳を取るとね、向上心を保つのが難しくなる。だが、君のような若くて腕のいいバーテンダーがいると、いい刺激になる。君と肩を並べて仕事をするのは、楽しいよ」

「褒めすぎです」

そう言いながらも、誇らしく思う気持ちがあるのは隠せない。谷口もそれがわかっているのか、柔らかな笑みを浮かべていた。

その頃、斑目は指原の運転する車で菅沼のもとへ向かっていた。このところ組周辺を騒がせている男たちについて、報告をするためだ。

『blood and sand』を襲撃し、湯月を撃った男の潜伏《せんぷく》先がわかった。湯月の証言などから、襲撃犯がメキシコ人だと仮定し、メキシコ系の不法滞在者を中心に金をばらまいて情報を集めた。突然消えた者や急に羽振りのよくなった者。他にも細かな情報を集めていくと、店を襲った男らしき人物が浮かび上がった。

今は監視をつけて接触してくる人間がいないか探っているが、そろそろ捕まえて雇い主を吐かせようと思っているところだ。男は、斑目のものに傷をつけたことを死ぬほど後悔するだろう。その時の表情を思い描くと、少しは気も晴れる。

斑目からの報告は予想以上に早かったようで、菅沼は電話の向こうから満足そうに「よくやった」と言った。「これでお前の株も上がるぞ」とも……。

今回のことを斑目に任せるよう仕向けたのは、菅沼だ。沢田にしてやられた斑目に、挽回のチャンスを与えたのだ。他に二人いる若頭より抜きん出ているとはいえ、勢力争いの風向きがいつどう変わるかは、わからない。痛手とならないうちに挽回し、再び他の二人に差をつける――。

それは、堂本組に対しても同じだった。同じ『誠心会』系の組であろうともライバル関係にあるのだ。やられっぱなしでいるわけにはいかない。そう考えると『blood and sand』が標的になったのは、好都合だったと言える。

今回のことを、斑目に仕切らせる理由になったのだから……。

「例の男だが、マフィアとは無関係で間違いないんだな」

「はい。そのようです」

組の下っ端を襲っていた連中は南米系のマフィアだと踏んでいたが、このところの調べにより違った見方も出てきた。藤嶌《ふじしま》組という、横浜《よこはま》を拠点とする小さなヤクザの存在が浮上している。店を襲った実行犯は確かにメキシコ人だったが、それを動かしているのはどうも当初考えていたのとは違うようだ。

ここ最近は、ヤクザのやり方も随分と変わりつつある。

昔は敵対する組の幹部を狙う実行犯には、下っ端の構成員を使った。いわゆる鉄砲玉だ。服役している間は家族の生活を保障し、娑婆《しゃば》に出てきた時の出世を約束する。だが、暴対法でヤクザのシノギも厳しくなっている今、務めを終えた時に組が消滅しているなんてこともめずらしくはない。残した家族の生活を十分に保障できるとも限らず、自分の出世も危ういとなれば、誰も損な役回りなど引き受けない。

そこで、このところ構成員ではない不法滞在している外国人などを使うやり方が増えてきた。安い労働力に頼る使い捨て経済と同じ構図だ。

そういったことから考えると、今回の一連の事件の背景にいるのは、外国人の犯罪組織ではなく日本のヤクザだと考えるべきだろう。そして、藤嶌組ならこの構図にきっちりと当てはまる。存続すら危うい組なら、鉄砲玉として安く使える在日外国人を差し向けるは当然のことだ。

ただ、藤嶌組が単独で『誠心会』系の組に喧嘩を売るとは考えられなかった。構成員が十人にも満たない小さな組だ。おそらく、藤蔦組の後ろには、同盟関係にあるもう一つの組がある。

「ちっぽけな組について、もう少し情報を集めておけ」

「はい、今調べさせています」

「必ずどこか別の組が関わってるはずだ。黒幕を必ず突き止めろ。その件については、裏が取れてから若頭に報告する」

「承知しました」

斑目は、窓の外を流れる景色に目を遣った。昼間の渋滞に巻き込まれているため、隣の車線を走る車は先ほどからほぼ同じ位置にいる。時折、どこからかクラクションが聞こえてきて、ドライバーがイライラを撒き散らしている様子が手に取るようにわかった。

斑目は、自分の思い通りにならない相手のことについて考えた。ヤクザが相手なら、話は簡単だ。同じ裏の世界に生きる者だからこそ、その考えもやり方もわかる。

だが、あの男だけはさっぱりだ。

「湯月の様子はどうだ?」

そうつぶやくと、指原がバックミラー越しに視線を合わせてくる。

店を襲撃されたあと、斑目は湯月に若いのを一人つけた。組長らに呼ばれた時、気もそぞろで様子が変だったからだ。沢田がいたからだとも考えたが、どうやらそうでもないらしい。

「特に変わったことはありません。友達と会ったり、仕事が休みで自由にしているようです」

「またあのオカマとつるんでるのか？」

「いえ、相手は男です。カフェで会っていたそうです」

「カフェ？　あいつがか？」

「はい。ちょっと会った程度のようですが」

湯月をよく思わない指原が、何か言いたげなのはわかっていた。

湯月に小舅と言わせる男は、斑目にとって口煩い教育係のようなもので、時々苦い笑みを漏らしたくなることがある。気に入らないなら指原をクビにすればいいだけの話で、斑目にはその権限もあるが、この男が有能なのは紛れもない事実だ。

一時の感情で使える人材を捨てるのは、馬鹿のやることだとわかっている。

斑目は、いつも的を射たことしか言わない指原に聞くのは辞めた。

（まさか、また浮気なんてことはないだろうな）

『blood and sand』で働く若いバーテンダーに手を出したのは、記憶に新しい。

湯月の行動は、予想がつかない。単純な相手でないというのも十分にわかっていたが、湯月は予想以上に抵抗している。

「どうか、今は自分の仕事に集中してください」

その言葉を、斑目は静かに嚙み締めた。指原がそう言いたくなるのも、わかる。

「自分の店を襲われたってのに、俺が自分のやるべきことを忘れると思うか」

「い、いえ。すみません、そういう意味では……」

「お前は心配性なんだよ、指原」

指原は、答えなかった。バックミラーから見える目許には、余計なことを言いすぎたという反省の色が窺える。

慎重なのはいいが、時々窮屈《きゅうくつ》に感じることがある。それは、斑目が大胆すぎるということの裏返しでもあった。わかっているからこそ、自分の右腕として傍に置いている。バランスを取るという意味でも、常に指原の忠告は斑目にとって必要なものでもあった。

「自分の仕事は優先する。お前を落胆させるようなことはしない」

「もちろんです。それはわかってます」

寄せられる信頼に、斑目は口許に笑みを浮かべた。ここまで信じられると、裏切れないなという気持ちにさせられる。

「あいつが何を欲しがってるのか、調べておけ」

「欲しいもの、ですか」

「美園たちのことも、お前が全部把握してるだろうが。いつもやってることだ。それで俺の手が煩《わずら》わされずに済むなら、お前も本望だろう?」

「そういうことなら……」

足が遠のいている女の機嫌を取るために、指原はいつも相手の好みを把握し、今何を与えればいいのか考えている。大人の女は自分がないがしろにされることを嫌うが、ただ与えられるだけというのは、もっと嫌う。だが、指原が贈るものは相手をきちんと理解していなければできないものばかりだ。

だからこそ、大目にみてやろうという余裕を彼女たちに与えている。その絶妙なさじ加減が女たちを繋ぎとめ、斑目の情報収集能力を支える大きな力になっていた。

（お前はいったい、何が不満なんだ）

湯月は、何を買い与えても満足しない。かつて大事にしていたという店があったビルを手に入れても、受け取りすらしなかった。今は店で斑目のためにカクテルを作っているが、いつ逃げ出すかわからない空気を常に感じている。

セックスには従うくせに、そして完全にひれ伏しているはずなのに、自分のものにできた気がしない。どんなに躰で懐柔《かいじゆう》しても、いつこの手をすり抜けて消えてしまうかわからない空気がある。思い上がっていると、寝首を掻かれる危険さえ感じる。

腹違いの兄に寝返った時が、そうだ。よりによって……、と思う相手についた。狙ったのか無意識なのかはわからないが、油断ならない相手とは、こういうところで他と差がつく。

これほど思い通りにならない愛人など、今までいなかった。

「ったく、面倒な奴だ」

そのつぶやきに、指原がまたミラー越しに自分を見たのがわかる。

そして、斑目は静かに自分に誓った。

いずれ、自分なしではいられないようにしてやる、と……。


ショーゴと行くかどうか、答えが出ないまま時間は過ぎていった。

その日、湯月は午後から釜男と会う約束をしていた。肩の傷は、もうすっかりいい。まだ時間があったため、洗濯などの雑用を片づけたあと、タバコを吹かしながら時間を潰す。仕事が休みだと、こんなにもやることがないのかと思った。時間があるぶん、考えすぎるのもいけない。

タバコの火を眺めながら、谷口に言われた言葉を思い出す。

『歳を取るとね、向上心を保つのが難しくなる。だが、君のような若くて腕のいいバーテンダーがいると、いい刺激になる。君と肩を並べて仕事をするのは、楽しいよ』

馬場とは少し違った意味で尊敬している相手に、あんなふうに思われていたなんて意外だった。同時に、誇らしく感じている。

認めてもらえて喜ぶということは、認められたいという気持ちがあるのかもしれない。斑目に出会う前は、そんな気持ちはなかった。バーテンダーすらやるつもりはなかった。ショーゴたちと一緒に生活するようになって、なんとか生きる気力だけは取り戻したが、あのあとは知り合った女の部屋に転がり込んでのヒモ生活だ。

そして、飾ってあるアルマジロ獣人のフィギュアを見て、斑目があれを持ってきた時のことを思い出す。札束で頬を叩くようなゲスな真似をするヤクザに、湯月を雇ってくれた『海鳴り』のママは優しく言った。

『帰るべきところに、お帰りなさい』

帰るべき場所――それが斑目のところだったのか、まだ答えは見つからない。このままあの男の傍にいるのかと自問しても、わからない。

わからないことだらけだ。

しばらくそうしていたが、出かける時間になったため、タバコを消して上着を羽織った。歩く気分ではなかったため、タクシーを使って釜男のマンションに向かう。途中、釜男のためにまた花屋で花束を買った。

今日は、ピンク系のバラとカーネーションでまとめた。同じピンク色でも色合いが違うものを組み合わせたセンスのいい仕上がりになっている。釜男は見た目はただのおっさんだが、心は乙女チックでこういうものを喜ぶ。

　マンションに到着すると、これまで何度も鳴らしてきたインターホンで釜男を呼び、エレベーターで上に上がる。

「いらっしゃ〜い」

　釜男は、ジャージを着ていた。首にはタオルも巻いている。

「なんだ、その格好」

「ストレッチしてたの。あら、花束」

「釜男が喜ぶと思ってな」

　花束を渡すと、まるで少女のように頰を赤らめて受け取った。この表情を見るために、若い女性店員がいる花屋で大きな花束を作ってもらうのだ。もう慣れたが、最初はかなり恥ずかしかった。女のヒモだった頃すら、花束のプレゼントなどしたことはなかった。花を贈る相手は、釜男が最初で最後になるだろう。

「嬉しい。綺麗なものを見ると、心が洗われるわね。入って。紅茶淹れるから」

「俺がするよ」

「もう。いつもそう言って、過保護なんだから。いいの、今日はあたしにさせて。亨ちゃんは座っててよ」

　ソファーに座るよう促され、今日は素直に従う。紅茶の準備をしている釜男を眺めるのも、悪くない。

部屋には、バランスボールやストレッチマットが置いてあった。そう重くはなさそうだが、ダンベルもある。

「そんなに動いていいのか？」

「ええ。ストレッチや軽いウォーキングくらいなら大丈夫だって先生が……。体力をつけておかなきゃね。いずれまたステージに立つんですもの。筋力が衰《おとろ》えてたら復帰にも時間が掛かるでしょ？」

目を輝かせて言う釜男を見て、自然と笑みが漏れた。

このところ調子がいいからか、釜男は前向きに仕事復帰への準備をしている。まだ治療は続くだろうが、少しでも早くステージに立ちたいのだ。エンターテインメントを愛している。人を楽しませることを生き甲斐にしている。

「亨ちゃんにも、早く見てもらいたいもの。あたしのダンス」

目標を掲げる釜男は、生き生きしていた。必ずステージに立つという気持ちが、釜男を前向きにしている。

ふいに、湯月の口許から笑みが消えた。

（俺がいなくなったら、寂しがるだろうな……）

もし、ショーゴと行くことになれば、釜男のもとを去るのは一度目になる。前はちゃんとさよならを言った。釜男が寂しがらないよう、身を落ちつけたあと約束通りハガキも出した。だが、今度はそうはいかない。

「どうしたの、亨ちゃん」

「あ、いや……、別に……」

釜男が紅茶を持ってきた。ウェッジウッドのティーカップは、釜男が好きそうなゴージャスな色合いのものだ。いい香りが漂っている。

「はい、どうぞ。ねぇねぇ、それよりちょっと見て欲しいの。不死鳥の衣装もね、考えてるのよ。ほら、これなの」

釜男が出したのは、衣装のスケッチだった。釜男の淹れた紅茶を飲みながら、開かれたページを覗き込む。

そこに描かれていたのは、まさに不死鳥のような衣装だった。赤からオレンジのグラデーションが入っており、蘇るその姿を表現している。両手を広げると、羽を広げているように見える作りになっていた。頭につける飾りも、蘇る力強さを思わせるものだ。勢いや生命力を感じる。

素材も書き込んであり、動きをより大きく見せられるよう薄いヴェールがあしらわれている。これを着て踊れば、美しく靡《なび》くだろう。

「でね、ここに使うのはとっても繊細な生地なんだけど、手触りもよくってステージのライトを当てるとシルエットが浮かぶの」

「いいな。ステージ映《ば》えしそうだ」

「ターンも練習しなきゃ。もうずっとやってないから、すぐにはできないかもしれないわ」

「釜男なら大丈夫だよ。すぐに取り戻せる」

「そうかしら」

「お前は頑張り屋だからな。病気とだってちゃんと闘ってる。ターンくらいすぐにできるようになるさ」

「ほんと？」

「ああ。釜男がこのど派手な衣装で踊るところ、俺に見せてくれよ。楽しみにしてるんだからな」

湯月の言葉に、釜男はますます心を浮き立たせているようだ。希望に目を輝かせている。

湯月は、しばらく釜男とステージのことについて話した。復帰後のステージは、釜男の友達が経営しているショーパブでと約束していて、ステージ構成なども提案できるため、やることが山積みのようだ。

エンターテインメントをこよなく愛する釜男を見ていると、店を持たせてやりたいなんて考えも浮かぶ。釜男は素直に受け取らないだろうが、斑目から貰う金を持て余している湯月にしてみれば、いい投資だ。

（それもいいな）

金が欲しいわけではないが、釜男がやるなら出資してもいい。釜男の情夫としてバックにつくのもいいかもしれない。今まで考えたこともなかったが、突然浮かんだプランに我ながら呆れるが、まんざらでもない。実現不可能なことでもない。

しかし、そんな考えを無理矢理断ち切るように、ポケットの中で電話が鳴った。ショーゴからの着信だ。

「あ、悪い」

立ち上がり、釜男に聞かれないようベランダに出ると電話に出る。

『トオル？　今いいか？』

そのひとことだけで、何かよくないことが起きたと感じた。声に緊張がある。いつも軽口を叩くショーゴの明るい口調は、どこかへ消えていた。こんな深刻そうな声で電話をかけてくるなんて、よほどのことがあったとしか思えなかった。

釜男と一緒にいてリラックスしていた気持ちが、一気に引き締まる。

「ああ。どうした？」

『仲間が捕まったかもしれない』

予想通りの言葉に、苦い笑みが漏れた。こんな時だけは、予感は外れない。

「捕まったかもって、誰にだ？」

『それが……』

言葉につまるのは、厄介な相手だということだ。そもそも、そうでなければこんなに慌《あわ》てて電話をかけてはこない。これからどんな話を聞かされるのか、覚悟をした。

「言えよ。誰に捕まった？」

『ヤクザだ。先に向こうに入った連中と、連絡が取れない。連絡が取れなくなる前に、名古屋のヤクザと揉めてるって報告があった。俺らのことを聞きつけた地元のヤクザか、仕切ってる連中かわかんないけど……』

「上手くやってるんじゃなかったのか？　誰かが同じ商売をやってないか調べなかったのか？　基本だろ？」

以前、中国系のマフィアに目をつけられてちりぢりになった経験のあるショーゴなら、当然調査していたはずだ。輸出ルートも確保したという話から、当然その辺りのことはクリアしていると思っていた。

『ああ。上手くやってた。商売敵《がたき》になるようなところはなかった。地元のヤクザは解体業には関わってなかった。覚醒剤とか大麻とか、シノギは主にクスリと女だったはずだ』

「じゃあ、なんでそうなった？」

『わかんねぇ。俺らの商売を聞きつけて旨い汁吸おうとしてるのかも』

さらに話を聞くと、ショーゴたちが準備していた解体業に横槍《よこやり》を入れられた形になっている。確保していた輸出ルートも、ヤクザが絡んできたとあって問題が解決するまで取引はしないという。

揉め事に巻き込まれたくないのだろう。仕方のないことだ。

「腰抜けだな。そんな奴と組んでいいのか？　組む相手を間違うなよ」

『わかってる。もう一度仕切り直す。だが、その前にあいつらの無事を確認しねぇと』

「じゃあ、まだヤクザに捕まったとは限らないんだな？」

『ああ。でも、俺らが仕事をするには、問題が出てきたのは確かだ。解決しないと、これまでのことが全部パァだ。下手したら、準備してきたもんが全部横取りされる』

悔しさを滲《にじ》ませた声に、心が疼く。

今ショーゴに必要なのは、自分の助けだ——そう感じた。だが、同時に部屋の中にいる釜男のことも心に引っかかる。

湯月は、ガラス越しに釜男のことを見た。座卓に置いた自分の描いたスケッチを嬉しそうに眺めていた。あの表情を見ていると、置いていくのがつらくなってくる。

『トオル』

何度か呼ばれていたようで、湯月は釜男から視線を逸らした。

「あ、悪い」

ショーゴが、苦笑いしたのがわかった。

湯月は、自分の心を見透かされているような気がした。ショーゴは、昔から他人の気持ちに敏感だった。

『やっぱりいいよ。……ごめん。お前はもう、自分の居場所を見つけたんだよな。なんとなくわかってたよ』

「……ショーゴ」

しおらしく引き下がるショーゴに、湯月は顔をしかめた。

ショーゴの作ろうとしている場所に、自分も一緒に行きたいわけではなかった。

確かに、斑目は相変わらず憎たらしいし、好き勝手するし、自分勝手でセックスは底なしだ。指原も口煩い小舅のようで、常に監視されている気がして窮屈に感じることもよくある。さらに言うなら、斑目の組の幹部に脅された挙げ句に、店を襲撃された際には、銃で撃たれた。斑目の組を狙った者の犯行だ。踏んだり蹴ったりとは、まさにこのこと――。

だが、釜男がいる。カクテルの作り方を教えてくれた谷口もいる。湯月を年寄りのように感じるなんて言って、若者らしい部分を見つけるとなぜか喜ぶ谷口は、馬場とは違った意味で湯月の手本になっている。

ここが、自分の居場所だ。かけがえのない、自分の居場所――。

かつていた『希望』とは随分違うが、それでも大事なものだ。

そして、これを与えてくれたのは、他でもないあの腹立たしいほど傲慢な男なのだ。湯月にそれを与えてやろうとしたわけではない。ただ、自分のやりたいように振る舞った結果に過ぎない。それでも、斑目と出会わなければ手に入らなかった。

そして、今なおこの場所に留まっている理由は、そのどれか一つではないのも、確かだった。これらのすべてが、湯月をここに留めさせた。札束を積み重ねることで湯月の心をどうにかできると本気で思っているあの男ごと、今を愛している。

すべてが、捨てがたく、いとおしい。

こうしてショーゴに再会し、それがやっとわかった気がする。

『久々に会った時から、お前は充実してる顔してた。生活の基盤がしっかりしてるってわかった。それは、金とかの話じゃないってのも。心の基盤がちゃんとあるんだって』

ショーゴの声に寂しさを感じ、自分のかつての仲間はまだそれを手にしていないのだと感じた。欲しいものを、まだ追い求めている。

『気づいてたのに、気づかないふりして一緒に来ないかってお前を誘ったのは、羨ましかったからかもしんねぇな。じゃあな、トオル』

「おい、待てよ」

湯月は、思わずそう口にしていた。

一年足らずの間だが、それでも一緒に生きた相手だ。そうと思うと、このまま見捨てる気にはなれない。自分だけ手にして、知らん顔などできない。

「行かないとは言ってないぞ」

湯月は、覚悟をした。ショーゴと一緒に行く覚悟だ。今を捨てるわけではないが、結果的にそうなるかもしれない。

けれども、もう決めた。

『はっ、無理すんなよ』

「無理なんかしてない。どうせお前はまた一人で背負うんだろう」

『トオル、お前……』

声から、来て欲しいのだとわかった。いったんは諦めたが、湯月に来るという意思を見せられて心が動いたのが感じ取れる。やっぱりいいなんて、強がっていただけだ。

「俺はどうすればいい?」

『これから仲間と俺が言ってた名古屋郊外のヤードに向かうんだ。今夜発つ』

「わかった。合流場所を決めてくれ」

『本当に……いいのか?』

いつまでもそう確認するショーゴに、思わず笑みが漏れる。今は自分たちのことでいっぱいで他人を思い遣る余裕などないだろうに、それでも湯月の気持ちを推し測ろうとしている。

「ああ。いいから指示してくれ」

時間と場所を指定されると、湯月は電話を切った。

行くと決めた。

湯月は、自分の決断を心の中で繰り返した。

行くと決めた。迷いはないとは言いきれないが、そう決めた。

今、行かなければ絶対後悔すると思った。あとになって、行かなかった自分を許せなくなるだろう。ショーゴの恩を忘れるわけにはいかない。釜男の復帰をこの目で見られるか定かではないが、きっとわかってくれる。

自分にとって一番大事な人のことを考えていた湯月だが、すぐに浮かんだ別の顔ぶれに思わず嗤った。

指原は、邪魔な男が消えてきっと喜ぶだろう。

斑目はどんな顔をするだろうか。忽然と消えたら、これまで湯月のために積んだ札束の重さほどには、その心に杭《くい》を打ち込めるだろうか。それとも、さすがに愛想を尽かして女のもとへ戻るだろうか。

様々な思いが、交錯《こうさく》する。

釜男の部屋をあとにした湯月は、その足で『blood and sand』に向かった。斑目はよく閉店後に来るため、合い鍵の一つは湯月が常に持っている。

まだ休業中だが、いつでも営業を再開できるようにしていた。あの事件で壊れたものは撤去され、絨毯も張り替えられている。店内に入って明かりをつけると、事件などなかったかのように見慣れた姿が眼前に広がった。

好きな空間だ。客がいる時もいない時も、それぞれの表情を持っている。眠っているグランドピアノも、ひとたび目を覚ませば物悲しい歌声を聞かせ、アップテンポのリズムを刻んでくれることを知っている。ピアニストの指先が、自由自在に踊る様子まで目に浮かんだ。

こうして見ると、離れがたい気持ちがより大きくなる。行くと決めたのに、未練があるのは否定できなかった。断ち切れないものが、ここにある。

決していい思い出ばかりではなかった。

特に、斑目がガキのように兄弟喧嘩に夢中だった頃は、今思い出しても顔をしかめたくなる。ロッカールームも、思い返せば苛立ちを呼ぶ出来事だらけだ。それでも、愛着がある。

湯月は、カウンターの中に入って辺りを見回した。もう、目をつぶっていてもどこに何があるのかわかる。当然だ。カウンターの中は、バーテンダーのコックピットだからだ。

磨かれたグラスを眺め、一つ手に取る。

『ボンド・マティニィだ』

斑目の声が聞こえた。記憶の中の声だ。

斑目によく作らされるカクテルを作ろうと、湯月はドライ・ジンとウォッカとリレ・ブランに手を伸ばした。氷はカウンターの冷凍庫にはないため、奥にある在庫用のそれから持ち出す。並べたものを見て、湯月は軽く鼻を鳴らした。

ヴェスパーなんて、格好つけもいいところだ。だが、斑目のためにカクテルを作るのは嫌ではなかった。むしろ、好きだった。独特の高揚を味わえる瞬間でもあり、自分が自分でいられる場所でもあった。この瞬間だけは、自分に正直でいられる。

湯月は、氷を入れたシェイカーに材料を注ぎ、蓋をした。

ピアノの生演奏も客の声もない。静まり返った店内に、シェイカーの音だけが響く。

この店で覚えたものだ。

『お前の振るシェイカーの音は、音楽だな』

また、斑目の声が聞こえた。

あんなことを言うヤクザなんて、見たことがない。

斑目の姿はないが、ある種の高揚があった。斑目のために腕を磨いたと言っていい。なぜあんな男のために……、と思うが、最高のバーテンダーであることが、斑目の愛人である自分の矜持《きょうじ》だった気もする。

斑目と対等でいられる、唯一の方法だったのかもしれない。

頃合いを見て手を止めると、できたカクテルをグラスに注いだ。レモンの皮を飾って仕上げたいところだが、生憎《あいにく》それは用意されていない。

いつもそうしているように、カウンターにコースターを置き、その上に未完成のボンド・マティニィを載せる。

意外にも、黙って去ることに心がチリリと痛みに似た何かを覚えた。もしかしたら、カクテルが未完成だったからなのかもしれない。そう思うが、それももうどうでもいい。ショーゴと行くと決めたのだから、考えても仕方のないことだと頭の中から追いやる。

「じゃあ」

さよならの代わりにそんな言葉を口にし、最後にもう一度振り返って店内を見た。

誰もいないカウンターにポツンと置かれたグラスは、何か言いたげに見えた。そう感じたことに、この場所に対する己の思い入れの強さを自覚する。

(もう決めたことだ)

何度繰り返したかわからない言葉を心の中でつぶやき、店をあとにする。

店を出た湯月は、タクシーを拾ってショーゴとの待ち合わせ場所に向かった。店から三十分足らずのところで、高架下の人目につかない場所だった。タクシーを降り、コンクリートの匂いがする冷たい空気に晒されながら、周りを見渡す。

壁の落書き。放置された自転車。道路沿いにある店。古びた看板やカラオケの歌声。

そこには日常が溢れていて、これから自分が飛び込む危険が本当に存在しているのか、にわかに信じられなくなった。流れてくる喧噪《けんそう》を聞いていたが、動きがないためショーゴに電話をかける。すると、すでに到着していると言われた。

指示通り、五十メートルほど歩いて路地に入ると白いワンボックスカーが停まっているのが見える。その周りに人影もあった。近づいていく。

「ショーゴ」

「トオル」

ショーゴの仲間らしき男女が三人、湯月を遠巻きに見ていた。警戒心剝き出しの目をしている。日本人というだけで、あんな目を向けられるのだ。どんな経験をしてきたのだろうと思う。知らないだけで、それもまた彼らにとってはよくある日常なのかもしれない。

「本当にいいのか？　今なら引き返せるぞ」

「お前と行く。そっちがいいならな」

湯月の言葉に、ショーゴは仲間を振り返った。全員と視線を合わせたあと、もう一度湯月のほうを見る。

「こいつらは日本人をあまり信用してないんだ。まぁ、最初は仕方ないだろ。でも、一度信用したら絶対に裏切らない。そういう仲間だ」

「なるほどね」

よろしくと言って握手をするようなタイプではないため、湯月も一瞥しただけで特に声をかけることはなかった。この車に乗ったら、もう後戻りはできない。

先ほどから湯月をずっと睨んでいたアジア系の男が、湯月に言った。

「オマエ、信用デキル？」

「俺は信用しなくていい。ショーゴのことだけ信用してろ」

男は、鼻で嗤った。それなら納得できるといったところだろう。自分をではなく、ショーゴをと言ったことがよかったらしい。笑顔というには複雑なものだったが、一応の感情は見せてくれた。

「じゃあ、行くか」

頷き、車に乗り込むショーゴたちに続く。

その時だった。

「待って！」

突然、闇に響く声がして、湯月は後ろを振り返った。すると、こちらに向かってくる影がある。暗くてよく見えないが、声でその正体が誰なのかすぐにわかった。

まさか……、と、茫然《ぼうぜん》とそちらに目を向ける。

「待って、亨ちゃん。どこかに行っちゃうのっ？」

釜男だ。

いったん車を降りて釜男のところに行くと、縋《すが》るように両肩を掴まれ、何度も揺さぶられた。必死で訴えてくるその姿に、ようやくついた決心がぐらつきそうになる。

「ねぇ、どこに行くの？　こんな時間に、どこに行っちゃうの？」

「どこって……」

なぜここにいるのだと、言葉につまった。誤魔化《ごまか》そうにも、思考が上手く働かない。釜男の問いに答えることができず、代わりに純粋な思いが零《こぼ》れる。

「お前、どうしてここに……？」

「だって、亨ちゃんの様子が変だったんだもの。電話のあと、変な顔してたもの！　また消えちゃいそうな顔してたんだもの！　だから、タクシーでずっとあとをつけてたの」

必死に訴えてくる釜男の顔を見て、胸が苦しくなった。涙を流しながら縋りつかれ、困り果てて笑った。こんなふうに追いかけられたら、行きたくなくなる。やっぱりやめたと言って、釜男と一緒に帰りたくなる。

「お願いよ、亨ちゃん。行かないで。あっちにタクシーを待たせてあるわ。一緒に帰りましょう」

「ごめん、釜男」

湯月は、それだけ言った。そのひとことで察したのだろう。釜男の目から大粒の涙が溢れる。

「また行っちゃうの？　またあたしの前から消えちゃうの？　せっかく戻ってきたのに」

涙ながらに訴えられると、弱い。釜男に泣かれるのは、苦手だ。昔からだ。昔から、釜男に泣かれるのは、切なくて、自分がとてつもなく悪いことをしているような気分になる。

「行かないで、亨ちゃん」

震える声で言われ、湯月はどう説明していいのかわからなくなった。どう言葉にしても駄目な気がして、謝ることしかできない。

「ごめん。行かなきゃならないんだ。わかってくれ」

「嫌よ、……嫌」

「ごめん。俺は、そうすべきなんだ。行かなきゃ、後悔する」

湯月の覚悟がわかったのか、釜男はゴクリと唾《の》を呑んだ。そして、唇を嚙んで涙を堪えながら声を絞り出すように言う。

「……じゃあ、必ず……戻ってくるって、約束して」

「釜男」

「必ず戻ってきて！　絶対絶対戻ってきて！」

それは、自分のための言葉ではなく、湯月のための言葉だった。湯月がまた戻ってこられるよう、帰ってくるための努力ができるよう、約束をしようとしているのだ。

気持ちを察してくれているのだろう。本当は行きたくないが、行かなければならない——

そんな湯月のつらい気持ちを、釜男はちゃんとわかっている。

(本当に、今頃気づくなんてな……)

噛い、自分の手にしたものがどれだけ大事だったのかを噛み締めた。

「ああ、帰ってくる。問題が解決したら、ちゃんと戻ってくるよ」

そう言いながらも、どこかで帰ってこられないような気もしていた。理由なんてない。失いたくないという思いが強くて、そう感じているだけかもしれない。

しかし、これから行く先で待っているのが大きな危険だということは確かだ。

斑目がいるわけではない。このガキの集まりに毛が生えた程度の面子で、すべてを解決しなければならない。それがどんなに困難なことか、わかっているつもりだ。

「いってらっしゃい、亨ちゃん」

車に乗り込もうとした湯月に、そう声がかけられる。

いってらっしゃい——その何気ない言葉に胸を貫かれたようになり、釜男を振り返った。

すると、泣きながら笑顔を見せてくれる。

「いってらっしゃい。帰ってくるって信じてるわ」

「……釜男」

「だって、亨ちゃんとヤクザのカレシのロマンスは、あたしの生き甲斐なんだもん」

最後にしおらしい態度でそう言われ、ククッ、と笑った。

斑目とのロマンス——どんな妄想をしているんだと思い、自分らしくなかったと深く反省した。弱気になっていたのだと……。

戻ってくる。

湯月はそう自分に言い聞かせた。

必ず、戻ってくる。どんなことがあっても、必ず生きて戻ってくる。

消えたと思っていた湯月が戻ったと知った指原が嫌な顔をするところを想像して、気持ちを強く持つことができた。あの小舅がしかめっ面をするのを見るのは、さぞすがすがしいだろう。逃げたと思っていた相手が何喰わぬ顔で戻ってきた時の斑目の反応も、楽しみだ。そう簡単に思い通りにはならないと思い知らせることができれば、本望だ。

そして、もう一度斑目のためにマティニィを作りたかった。

極上の時間をこの手に再び手にしたい。辞め時は、自分で決める。

（ありがとな、釜男）

心を持ち直した湯月は、心の中でそうつぶやいた。

「トオル、今の誰だ？」

車に乗り込むなり、ショーゴが苦笑いしながらそう聞いてきた。奇異なものを見る目だ。

確かに、見た目は痩せこけたおっさんが泣きながら縋りついてきたのだから、さぞおかしかっただろう。他の連中も、理解できないという顔をしている。

だが、何よりも大事な存在だ。理解されなくてもいい。

湯月はショーゴを見て笑うと、こう言った。

「俺のオンナだ」

4

湯月は、ショーゴたちとともに名古屋方面に向かった。高速を走る車の中で自己紹介をされ、全員の名前を覚える。

タイ人のソム・チャイ、ソン・ブーン、中国人の黄《ホアン》。黄は通名を使っていたようだが、仲間の中では黄の名前で通っているらしい。ショーゴも皆には楊《ヤン》と呼ばれている。

言葉は交わさなかったが、カタコトの日本語しか話せないからというより、警戒しているからという印象だった。それでも、互いに名前を名乗って同じ時間を過ごしていると、少しずつそれがほぐれていくのがわかった。一度、喉は渇かないかと聞かれ、ペットボトルのジュースを貰った。

「飯だ。休憩するぞ」

疲れがたまってきた頃、ショーゴがサービスエリアに入って駐車場に車を駐める。

夜中は大型トラックが多く、車内で仮眠を取る運転手の姿も多い。かなり走った。数時間前に交わした釜男との約束を思い出すが、自分が危険に飛び込もうとしている実感はまだない。ショーゴの明るい性格がそうさせるのかもしれない。

仲良く遠出というわけにはいかないが、緊張しすぎるということもなく、淡々と目的地へ向かっているといった雰囲気だ。

「店、あそこしか開いてねぇな」

夜中ということもあり、店はフードコートの一軒だけが営業している状態だった。席ではポツポツとトラックの運転手らしい中年の男たちがうどんを啜っている。提供されるメニューは限られており、麺類しか注文できないが、温かいものが食べられるのはありがたい。

「ちゃんと喰っとけよ」

席につき、無言で食べ始める。

客があまりいないとはいえ、この面子で黙々とうどんを啜っている様子はなんだか浮いていた。外国人が複数集まっているだけでも、目立つ。

その時、ショーゴの携帯に着信が入った。どうやら、連絡が取れなくなっていた仲間からの電話のようだ。最悪の事態は逃れられたようだが、会話するショーゴは険しい顔をしたままだ。

「どうしたんだ？」

「やっとあいつらと連絡が取れた」

「でも、厄介なことになってるんだろ？」

「まぁな」

仲間とようやく連絡が取れたのはいいが、やはり揉めていたヤクザに捕まってしばらく拘束されていたらしい。なんとか逃げてきたが、一人は捕まったままだという。

「早く助けてやんねぇと」

人質として捕まったのは、黄と一番つき合いの長い中国人のようだ。黄の表情が硬くなるのを見て、ショーゴが中国語で言葉をかけている。言葉は理解できないが、必ず助けるということを言ったらしい。元気づけようとしていることだけはわかった。

「急ごう」

腹ごしらえが終わると、車に乗り込んで名古屋へ向かう。

再び、高速を延々と走るだけの時間が続く。釜男と最後に言葉を交わしたのが、ずっと前のことのように思えてならなかった。実際よりも遠くに来たという気持ちがするのは、それだけ大事なものだったからだろう。

一般道へ降り、見慣れない景色が流れる場所を走る。

さらに二十分――。

「もうすぐだ」

ようやく到着したのは、山中にあるヤードと呼ばれる解体工場で、敷地には多くの車が並んでいた。積み上げたコンテナで囲われているが、簡素な造りで、プレハブ作りの大きな建物がある。

ショーゴが先に中に入り、合図を確認してからそれに続いた。中は広いがそのぶん寒々としていて、躰がぶるっと震えた。自分より薄着の黄たちが平気な顔をしているのを見て、苦笑いする。自分がいかに生温い場所で生きてきたのか、思い知らされた気分だ。

「トオルだ。俺の友達。頼りになる」

中には、アジア系が三人いた。一人は随分幼くて、もう一人は女だ。そして、もう一人を見た時、ギョッとした。左腕の肘《ひじ》から下がない。

湯月の反応を見たショーゴが、なんでもないことのように言った。

「そいつはカリムってんだ。カリムはフィリピンにいた時に物乞いしてた」

意味がわからずにいると、さらにこう続ける。

「腕がないほうが可哀想《かわいそう》で恵んでくれるだろ？　でも、こいつはマシなほう。両足を切断されるなんて奴もめずらしくない。そんな奴ばっかりだ」

湯月は、言葉が出なかった。

聞いたことがある。ショーゴのように、黒孩子《ヘイハイズ》を始めとする人身売買で売られた者たちがどんな運命を辿るのか――。

女は売春、男は労働力として奴隷《どれい》のような扱いだ。中には、道端で物乞いをさせる組織もあるという。憐《あわ》れに思った観光客が渡す金は、闇の組織に流れている。経済が上向きになっているように見える途上国だが、その裏で行われているのは、目を背けたくなるような現実だ。それが、ビジネスとして成り立っている。

改めてここにいる者たちがどんな思いをしてきたのか見せつけられ、同時に思っていた以上に不利な状況にあることを痛感した。

ヤードで合流した三人は、思ったより若かった。まだ十五、六かもしれない。まさかこんな子供までいるとは予想外だった。言葉が通じないため、ショーゴが仲間から状況を聞いている間は、黙って待つ。

話が終わると、ショーゴをヤードの隅に呼んだ。

「おい、話が違うぞ。ガキばっかりじゃねぇか」

「そうだっけ？」

それなりに頼りになる奴もいるなんて言っていたが、面子を見るとショーゴが背負っているのは昔と変わらなかった。助けると決めたからには手を貸すが、相変わらず損な役回りをしていることに呆れる。

「まぁいい。それよりなんだって？」

「連中にはこの場所のことはまだばれてない。だけど、いつまで安全かはわかんねぇ。劉《リユウ》が捕まってるんだ。拷問されればゲロする」

「相手は誰かわかってんのか？」

「曽根田《そねだ》組っていうヤクザらしい。多分、全部で三十人くらいの地元の組だ。解体業なんてやったことなさそうだけど、俺らのことをどっかで聞きつけたのかもしれねぇ」

それなら納得ができる。中規模の組なら、ショーゴたちのビジネスを横取りするくらいのことはするだろう。

「じゃあ、その曽根田組を調べるぞ。それまでここは使わないほうがいい。しばらくバラバラで身を隠す。女は足手まといになるから、問題が片づくまで安全なところに隠れてもらえ」

「そうだな。そうするよ」

湯月は、囚われたショーゴの仲間を助けるための画策を頭の中で始めていた。


湯月が名古屋に到着した頃、斑目は『blood and sand』の店内にいた。指原を連れてここに来たのは、湯月の行動を見張らせていた若い舎弟から、報告があったからだ。友達のオカマのところへ行ったかと思えば、一度店に立ち寄ったあとカフェで会ったという友達と再び接触した。

しかも、一緒にいた男たちの様子が普通ではなかったという。途上国から不法入国してきたような、そんな面子が揃っていた。

　カウンターにポツンと置かれたグラスを見て、斑目は鼻で嗤った。

「また逃げやがったか」

　グラスに手を伸ばし、匂いを嗅ぐ。

　そう簡単に従順な男になるとは思っていなかったが、まさか今やるとは思わなかった。もともと思い通りにならない奴だとは思っていたが、ここまでされると笑うしかない。

「面倒な時に面倒なことをしてくれる」

　未完成のカクテルを置いていくなんて、どういうつもりだと思い、これを作る湯月の姿を脳裏に描いた。どんな顔でカウンターに立ち、これを置いていったのだろうと思う。

「それで、湯月はどこへ行った？」

「すみません。途中で見失ったようで……。使えるのは組のことに回してますので、名古屋方面ということだけしか」

「名古屋か。うちを襲った連中だが、黒幕も名古屋の曽根田組で確定だったな？」

「はい、間違いありません。曽根田組が横浜の藤嶌組を使って店を襲わせてました。拳銃の入手経路からも断言していいでしょう。藤嶌組は、組長の代に曽根田組に恩義があるようで、何かと協力態勢を取ってきました。今回は、名古屋の曽根田組がこちらに進出を試みているようです」

ようやく見えてきた敵の姿。蓋を開ければ、黒幕は外国人の犯罪集団ではなく曽根田組という日本のヤクザだった。名古屋を拠点としており、勢力を広げようとしている。

「まさか、曽根田組に俺を売るつもりで名古屋に行ったんじゃないだろうな」

嗤い、そんなことを口にしてみるが、本気ではなかった。

斑目を裏切り、大事な情報を腹違いの兄に渡した前科があるだけに、自分が失脚するような重要な情報は湯月に渡さないようにしている。指原が、目を光らせているのだ。

今の湯月ができることといえば、せいぜいベッドで寝首を掻くくらいのことしかないだろう。湯月が敵方に寝返ったとは考えにくい。

「現場に居あわせたオカマの友人の話によると、湯月さんの古い知り合いのようです」

「……ああ、あの死に損ないか。あいつもいたのか」

「そのようです。行き先までは聞かなかったそうですが、行かなきゃならないというようなことを口にしていたようで」

ということは、何かしがらみに囚われているということだ。しかし、どちらにしろこんなものを残して去るなんて、ただではおかない。

「湯月は、その若いのに捜させる。名古屋に一緒に連れていくぞ。見失ったことはいい。手柄を立てろと言え」

「はい」

「俺たちは、曽根田組を潰す。湯月のことは、面倒を先に片づけてからだ」

斑目は、曽根田組について今の時点で上がっている報告を頭の中で反芻《はんすう》した。

主婦売春などを主なシノギとし、危険ドラッグや大麻を扱っている中堅の組だ。ここ五年ほどは覚醒剤を扱っているという話もあり、勢力を伸ばしつつある。組長の曽根田が恐れを知らないイケイケで、かなり無茶なことをしてきたという話もあった。

勢いのある組であることは、間違いない。

なぜ、誠心会系ほどの大きな組をターゲットにしたのかは不明だが、一旗揚げたいという思惑も見える。ゆくゆくは、ヤクをメインに捌くくらいのことはしたいのかもしれない。

「身の丈に合った仕事だけしてりゃいいものを……。馬鹿な奴らめ」

斑目は、タバコを咥えた。指原の出した火にその先を近づけ、紫煙《しえん》を燻らせる。

目の前の棚には酒の瓶が並んでいるのに、湯月が消えたせいで旨いカクテルが飲めないのは、不本意だった。連れ戻したら何をさせようかと考えることで、酒の飲めない鬱憤《うっぷん》を晴らす。

「何かお作りしますか。水割りくらいなら……」

「いや、いい。すぐにあっちに乗り込む準備をしろ」

「わかりました。名古屋に入ったら、曽根田組についてもう少し探らせてください。全員を調べてからでも、動くのは遅くありません」

「そうだな。突然うちをターゲットにした理由も気になる」

斑目はそう言うと、吸いかけのタバコを灰皿で消した。


ショーゴたちとともに名古屋に来て、一週間が経った。

この一週間、湯月たちはショーゴの仲間を拉致した曽根田組について調べていた。仲間に事務所を見張らせ、人の出入りを確認して監禁できそうな場所はないか特定するためだ。構成員の顔も、ほぼ全員わかった。組長の曽根田はまだ五十に届かない男で、若頭は三十代半ばの男だった。他にも幹部が数名いるが、現在服役中で顔の確認ができない男もいた。

できる限り写真に収め、黄たち全員にその顔を覚えさせる。

それでも捕まった仲間の情報は得られず成果はなかったが、別の考えが浮かんだ。

「あの一番下っ端をとっ捕まえる」

ワンボックスカーの運転席で、湯月はショーゴにそう言った。すでに日は暮れ、辺りは暗くて車内の様子は外からは見えない。組事務所の近くに、停車させている。

狙うのは、交代で事務所の電話番をしている下っ端の一人だ。まだ十七、八の子供で、逆にこちらが拉致して人質の居場所を吐かせることができれば、仲間を救出できる。下っ端とはいえ、曽根田組は斑目のいるような大所帯とは言いがたい組だ。人質を生かしているなら、最低限の水や食事を運ぶ雑用が出てくる。監禁場所を知らないなんてことは、ないだろう。

あとは、時間との闘いだ。下っ端のチンピラが一人消えれば、疑われる。そうなるとすぐに人質を移動させるに違いない。

拉致されたと気づかれる前に、監禁場所を吐かせて救出する——それが、湯月が練った計画だった。単純だが、簡単なことではない。特に、言葉がきちんと通じない黄たちしか頼れる者がいないというのは、かなり心許なかった。

それでも、やるしかない。

「奴が自分のアパートに戻る前に、襲う」

伝達ミスがないよう、細かいことはショーゴに説明してもらい、チャンスを狙う。いつも通る道を歩いて駅に向かっているのを確認し、車を先回りさせて人通りがほとんどない路地で待った。

何も知らない男がワンボックスカーの横を通るのを見計らい、ドアを開けて襲う。

「——ぅう……っ」

車に引き摺り込むなり、ショーゴが男の腹に拳を叩き込んだ。五人がかりで取り押さえ、男を見下ろす。狭い車内でアジア系外国人を含む男たちに囲まれて、生きた心地がしないだろう。小便でも漏らしそうな顔をしている。

特に褐色の肌をしたタイ人のソム・チャイとソン・ブーンは、薄暗い場所で見ると白目だけが浮き上がって見え、恐怖を誘う。

「だ、誰だ……っ」

「誰？　人の仲間を監禁しといて、誰だはねーだろ」

ショーゴがナイフを見せながらドスの利いた声で言うと、男の顔色が悪くなる。日の前に差し出したナイフが利いているようだ。なぜ自分がこんな目に遭ったのかも、わかったらしい。

「待て、俺は……っ、兄貴たちの命令で……」

「黙ってろ！　電話番の交代は明日の朝八時だろ？　それまで時間はたっぷりある。お前の知ってることを吐いてもらうからな」

「あ、兄貴たちに……半殺しにされる」

「半殺し？　はっ、それは兄貴たちに生きて会えればの話だ。俺らは、そんなに生温いことはしない。確実にお前を殺すぞ。じわじわ痛めつけて殺す」

男は、車内にいる全員を見渡した。いかにも不法滞在という外国人に言われれば。自分にどんな危険が迫っているのか、実感できるだろう。

「オ前、仲間サラッタ。オ前、痛イ目見レバ居場所、言ウ」と、ソン・ブーン。

「同ジ目ニ遭ワセル。日本人、ヒドイヤツバカリ。日本人、敵」

そう言ったのは、フィリピンで物乞いをさせられていたカリムだ。

「——ひ……っ」

肘から下がないのを見て、怯えた目をしている。勝手に誤解してくれたらしい。ショーゴが、その誤解を利用する。

「ああはなりたくないだろ？　俺たちはな、お前が知ってるような生温い世界で生きてきたわけじゃない。両足切断してもいいいぞ」

「ま、待ってくれ！」

ここまでは、順調だった。自分の出番だと、湯月は運転席から顔を覗かせて言う。

「おい、その辺にしろよ。俺だって日本人だ」

その言葉に、縋るような目を湯月に向けた。

「大丈夫だ。教えてくれたら、お前から聞いたとは言わない。お前も拉致されたことを黙ってりゃいい。そうすりゃ、安泰《あんたい》だ。な？」

優しく諭《さと》すように言うと、男は何度も頷《うなず》いた。まだガキとはいえ、思っていた以上に効果があったらしい。よくある『いい刑事と悪い刑事』だ。同じ日本人で、しかも自分を庇ってくれた相手に対しては、心を許す。

それが、たとえ自分を拉致した集団の一人でも……。

「悪いようにはしない。俺がこいつらを抑えていられるうちに言ったほうがいい。俺たちの仲間はどこに監禁されてる？」

「事務所の……地下室」

「どこの事務所だ？　三箇所あるだろう？」

「ここから二十分のところ」

調べてあった事務所の一つだ。あっさり吐いた。あとは、助け出すだけでいい。

「見張りは何人いる？」

「ひ、一人。いつもは、外から鍵かけてる。あとは、事務所の電話番がいるから……。もういいだろ？　許してく……、――ぐぅ……っ」

ショーゴが男を気絶させ、ロープで縛って車の中に転がしておく。

監禁場所が事務所だったのは、幸いだった。距離があれば、下っ端が拉致されたことに気づかれる。だが、そこならこの男が事務所を出て一時間も経たないうちに、救出に向かうことができる。

「お前、ヤクザみたいだな。脅すよりずっと怖かったぞ」

揶揄《やゆ》され、ムッとする。

（くそ……）

斑目の色に染められた気がして、面白くない。

それからすぐに、組事務所に向かった。救出の方法はあらかじめ決めてある。黄たちが外から中の人間をおびき出したあと、人数が少なくなったところで湯月とショーゴが突入する手筈《てはず》だ。

話によると、見張りは一人。時間さえかけなければ、応援が来る前に撤退できるだろう。

「まだ生きてるだろうな」

「ああ。あいつはそんなにヤワじゃない」

それぞれの配置につくと、事務所のある二階の窓に石をぶつけ、中の人間が外の様子を見るために窓を開けたところで、火炎瓶を投げ込んだ。ストライク。

ほどなくして、中から曽根田組のヤクザが二人出てきた。

「誰だこらぁ！」

チャイが、レンタカーで走り去る。狙い通り、曽根田組のヤクザはビルの駐車場に向かい、逃げた車を追い始めた。入れ違いに中に入り、地下に向かう。階段を降りていくと、様子を見ながら監禁場所を捜した。

降りた廊下の奥に、見張り役らしい男の姿がある。上の騒ぎは知っているようで、警官心を露にドアの前に立っていた。事前に調べた曽根田組の構成員の写真の中に、男の顔があったのを覚えている。

「誰じゃお前……、……ぐぁあぁ……っ！」

湯月たちの侵入はすぐに気づかれたが、痴漢撃退用のスプレーを吹きかけ、怯んだところで二人がかりで押さえ込んで拘束した。監禁されている部屋の鍵は元からついているのではなく、あとづけしたものだ。これなら壊せると、持ってきた工具で鍵を壊す。中は、真っ暗だった。ショーゴが中に飛び込んで、椅子に縛られた男に中国語で声をかけている。

「生きてるか？」

「ああ。トオル、手ぇ貸してくれ」

拷問されていたのか、劉はぐったりしている。顔はあまりひどくはないが、躰のほうはわからない。内臓がやられていれば、危険な状態とも言える。

「車に運ぶぞ」

ショーゴと二人で両脇を抱えて立ち上がらせ、階段を上っていった。ビルの外に出る前に周りを見渡し、曽根田組の男たちが戻っていないか確認する。救出後は、黄がワンボックスカーを回す予定だった。だが、待ち合わせの場所には別の車輌が停まっている。予定外だ。そちらに向かおうとしたが、人相の悪い男が出てきた。曽根田組の男たちだ。

「トオル」

「ああ、引き返すぞ」

一足遅れて湯月たちの乗ってきたワンボックスカーが来たが、すぐに取り囲まれる。車で進行方向を塞がれ、パニックになったのか黄たちは立ち往生していた。

にいる。

「黄！　車でこっちに突っ込め！」

　呼ぶが、その耳には届いていないようだった。ブーンが、後部座席のドアを開けて飛び出す。カリムが続いた。二人は路地に駆け込んで逃げる。黄は一人遅れを取った。まだ、車内にいる。

「くそ、なんで……っ」

　やはり、ガキの集まりだ。あれほど綿密に計画を立てたのに、誰もが予定通りの動きをしない。ただ闇雲《やみくも》に逃げようとしているだけだ。これでは、助けられるものも助けられない。

　ブーンたちが逃げたとなると、黄一人で車を死守するのは無理だ。

「黄！　言葉わかるか！　もういい。車を捨てろ！」

　慌てている黄に叫ぶが、聞こえていないのかすぐには反応しない。とうとう捕まった。運転席から引き摺り出されるのを見て舌打ちし、ショーゴたちを置いて走る。

　黄を取り押さえる組員に体当たりし、腹に蹴りを入れた。苦痛の声とともに地面に倒れ込んだ隙に、黄の袖を摑む。

「こっちだって言ってるだろう！」

　予定外だが、あらかじめ決めてあったのとは別のルートからの逃亡を図った。早いところ立ち去りたいところだが、徒歩ではどうにもならない。

　その時だった。

黒のハマーが滑り込んできて、湯月たちの前で停まった。

（くそ、ここまでか……）

計画は失敗に終わったと、観念する。これ以上足掻《あが》いても、無駄だ。あとは、煮るなり焼くなりしてもらうしかない。

しかし、ドアが開いた瞬間、湯月は意外な男の姿を目にした。

（え……）

斑目だ。運転しているのは、指原だった。

「乗れ」

ワンボックスカーを停めていたほうから、車の急ブレーキ音が聞こえてくる。もう一台のハマーと奪われたはずのワンボックスカーがこちらに向かって走ってくるのが見えた。助手席にブーンの姿がある。全員乗っているかはわからないが、一気に形勢逆転といったところだ。

「お友達はあっちだ。湯月、早くしろ」

命令され、ショーゴたちはワンボックスカーに押し込み、湯月は斑目のいる後部座席に躰を滑り込ませた。再び急ブレーキが鳴る。

信じられなかった。なぜ、斑目がここにいるのか。ここは名古屋だ。名古屋までわざわざ来たのか。なぜ、斑目が指原たちを引き連れて自分を助けに来たのか……。

だが、正直なところ助かった。あのまま自分たちだけでは、全員捕まっていただろう。

「俺から逃げられると思ったか。店にあんなもの残して消えやがって。これまでお前にいったいいくらつぎ込んだと思う?」

湯月は、何も言えなかった。口許に笑みを浮かべてはいるが、ご機嫌とは言いがたい。

「話はあとでたっぷり聞かせてもらう。言い訳を考えておけよ」

斑目はそう言って、前を見た。その横顔に、ゾクリとなる。

戻るつもりだったなんて言っても、通用しないだろう。こんな形で見つかってしまい、ここにいるはずのない斑目を前に、軽く混乱している。

そして、湯月は気づいた。指原たちの雰囲気から、単に自分を連れ戻しに来たわけではないと……。愛人一人を連れ戻すためにハマーで乗り込むとは、到底思えない。

漂う緊張感から、自分の知らないところで何か大きな動きがあったのだと察した。

斑目の用意した隠れ家に到着したのは、それから一時間ほどが経ってからだった。こちらに来て手配したのだろう。

そこは大きな倉庫で、中にはパレットの上に大きな木箱が積み上げられている。梱包資材やフォークリフトなどもあり、物流拠点となっているのは確かだ。今は、人の出入りはないらしく、一時的に保管倉庫となっているようだ。倉庫は二階建てで、事務所らしい部屋は一階の隅にある。二階も大きな木箱が積み上げられていて、下から見る限り他には何もなさそうだった。

車から降りると、先に到着していたショーゴたちが、斑目の舎弟たちと対峙する格好で立っていた。スーツ姿の男たちがなぜ自分たちを助けたのかわからずに、その目的が何かを探っているのだろう。

自分たちの前にいるのは、敵か味方か——そんな緊張感が漂っていた。

近づいていくと、ショーゴが振り返って斑目を睨む。

「トオル。そいつ誰?」

「この俺がわざわざ助けてやったってのに、『そいつ』はないだろう? このまま連中のところへお前を運んでもいいんだぞ」

斑目の言葉に、ショーゴはすぐに反応しなかった。

「ショーゴ。礼くらい言え」

斑目は脅しじゃなく、本当にそうするだろう。もし、ショーゴがこのまま横柄《おうへい》な態度を取れば、黄たちもろとも縛り上げて曽根田組の組事務所に放り込むくらいのことはする。

斑目から漂う空気からショーゴもそれを悟ったようで、自分の非を素直に認めた。

「ありがとうございます。助かりました。おかげで全員無事でした」

わかればいいとばかりに、斑目が鼻を鳴らす。

「指原。そこの死に損ないを手当てしてやれ」

救出した劉という男は、後部座席でぐったりしていた。

細かいことを説明してやるほど斑目は親切ではなく、湯月に『こっちに来い』と目配せしてきた。無視するわけにもいかず、ショーゴたちを置いて斑目と倉庫の二階部分へ向かう。

鉄骨の階段を上りながら、指原たちが何か話しているのをチラリと見た。

二階に上がると、一階と同じように木箱が積み上げられていて、他には何もなかった。幅一・五メートルほどの通路があるだけで、詰め込めるだけ詰め込んでいるといった印象だ。

「よくもあんなガキども引き連れてヤクザにたてついたな。曽根田組は中堅の組織だが、ガキに舐められるような組じゃあないぞ」

確かにそうだ。計画は、無謀だった。実際失敗しかけた。だが、斑目の助けがあって、今全員ここにいる。誰一人欠けることなく、戻ってこられた。

「どうして、相手が曽根田組って知ってるんですか?」

その言葉に、斑目は笑みを浮かべた。タバコに火をつけ、紫煙を燻らせる。それは、薄暗い中を漂いながら近づいてきて、湯月にまとわりついた。獲物を捕らえようと忍び寄る何かを連想せずにはいられない。

「お前たちが喧嘩を売った組は、うちを襲いまくってた連中だ」

「でも、店を襲ったのは、外国人でしたよ」

「横浜にある藤嶌組ってところが、曽根田組と繋がりがあってな。藤嶌組が使い捨てできる外国人を金で雇ったらしい。黒幕は、曽根田組で間違いない」

思わず、耳を疑った。

なんて偶然だ。斑目とショーゴの敵が同じだなんて、誰が想像するだろう。

「お前を撃った男は捕まえたぞ。お前が言った通り、やはりメキシコ人だった。ある程度情報は漏らした」

得意げな表情は、斑目のサディスティックな嗜好を満足させた時に見せるものだ。情報を漏らしたということは、拷問くらいのことはしたと考えていいだろう。その男がどうなったのか、聞くのはやめた。夢見のいいものではないに決まっている。

「いつ、こっちに来たんですか？」

「お前が店にカクテルを置いて消えた日に、あっちを発った」

ということは、斑目たちも名古屋に来てしばらく経つということだ。

「曽根田組を探っていたら、周りでちょろちょろしてやがるのがいる。お前があのガキに接触されてるとは聞いていたが、まさか曽根田組の周辺で見かけるとはな」

「俺がショーゴと会ってたことも、知ってたんですか？」

「オカマの友達にも話を聞いたぞ。俺の舎弟は優秀だからな」

冷静で優秀な小舅の顔を思い出し、自分にプライバシーはないのかと不満を募らせた。

「湯月。お前、どうしてわざわざ名古屋まで来てヤクザに喧嘩を売ってる？」

「喧嘩を売ったのは、向こうのほうです。ショーゴのビジネスを横取りしようとして、仲間を拉致したんですよ」

「なるほどな。上手く立ち回れなかったってわけか」

ビジネスを横取りされるなんて、要領が悪いと言いたくなるだろう。組の中で稼ぎ頭とも言える働きをしてきた男にしてみれば、ツメが甘いと思って当然だ。反論などできない。

「曽根田組が『誠心会』系に喧嘩を売ったのも、地元で小銭稼ごうとしてるガキのビジネスを横取りしようとしたのも、それだけ必死ってことだ。ま、ビジネスは諦めることだな」

あっさり言ってくれる――湯月は唇を歪めて嗤った。

斑目にしてみれば、ヤードの一つや二つ放棄するくらいどうってことないだろう。だが、ショーゴたちがあの土地を手に入れるために、どれだけの苦労をしたか。輸出ルートに関してもそうだ。

これまで重ねてきた労力を考えると、ショーゴたちがあっさり手放すとは思えない。

「あなたには、関係ないことです」

「助けてもらっておいてそれか。まぁいい。お前は曽根田組をどこまで調べた？」

「構成員は九割がた写真に撮りました」

「そうか、こっちもだ。気になることもまだあるが、まぁそれはいい。今調べさせてる。それより、よくも黙って消えてくれたな」

斑目の言葉に、思わず後退りした。ジリ、と靴の下で乾いた土が音を立てる。まさかこんなところで……、と思うが、斑目は常識の通じない男だ。自分がそうしたいと思えば、人の目など気にしない。

「あのオカマの治療はどうする？　途中で消えたら、治療も途中で終わらせるぞ」

「釜男の治療は、俺が戻ったらって約束でしたよね。今さら途中でやめるなんてルール違反ですよ。金なんていくらでも持ってるのに、そんなケチ臭いことしないでしょう？」

「俺を誰だと思ってる？　ヤクザだぞ。お前に逃げられたうえに、アホ面《づら》晒して死に損ないのオカマを助けてやると思ってるのか？」

舌先をチラリと見せながら自分を見下ろしてくる斑目を見て、またジリと靴の下で音が鳴った。滴る悪の香りに、足が勝手に動く。

「湯月、俺も舐められたもんだな」

「――っく」

湯月は、頬を赤くした。

斑目はヤクザだ。金を貢いでくれる優しい金持ちでもなければ、義理堅い昔堅気の男でもない。わかっていたはずなのに、何度も抱かれて忘れたのか——自問し、不甲斐なさに奥歯を噛み締める。

確かに、治療は続けられると当たり前のように信じていたのは馬鹿だった。甘ったれた考えだ。そんな自分を恥じる。

「俺から逃げたらどうなるか、思い知らせる必要があるようだ」

「何馬鹿な……」

逃げようとするが、腕を摑まれたかと思うとねじ上げられ、積み上げてある木箱に背後から押しつけられる。

「——ぅ……っく」

背中にスーツを着た斑目の胸板を感じ、湯月は躰を硬直させた。圧倒的強者を前に、立ちすくむしかない弱者とはこういう気持ちなのだと痛感する。

決して勝てない相手に取り押さえられた者は、自分を相手に託すしかない。生かすも殺すも相手の自由だ。

「たっぷり折檻《せっかん》してやらないとな」

いきなり股間のものを押しつけられ、ゾクリとした。

これまで幾度となく重ねた行為が、いとも簡単に湯月の躰に火をつける。これから先、何が待っているのか、どんな快楽が自分を襲うのか、躰は覚えているのだ。

頭でどんなに反発しようとも、躰が先に応えてしまう。

「何が不満なんだ？　え？」

「何って……っ」

「金は十分与えてるだろう。お前が好きなあのけったいな人形も手に入れてやった。仕事も満足してるだろう？　もちろん、夜もな……。これが証拠だ」

そう言いながら、さらに股間を押しつけてきて、湯月の反応に手を伸ばしてくる。

「俺の何が気に入らない？」

「何って……っ、そういう、ところ、ですよ……っ」

不満の原因がなんなのか本当にわかっていないのが、腹立たしかった。自分に非があると思っていない斑目の傲慢な態度は時には見ていてすがすがしいほどだが、時として殺したくなるほど憎らしく思える時もある。

今は、当然後者だ。今ここにアイスピックでも持っていれば、迷わず腹に刺してやる。

「もうこんなにしてるじゃないか。俺の言ってることは間違ってないようだ」

やんわりと中心を揉みほぐしながら後ろを刺激され、膝から力が抜けそうになった。思い通りになるものかと抵抗を試みるが、腕はねじ上げられ、積み上げられた木箱に躰で押さえ込まれていて自由が利かない。それでも、必死で抵抗した。

悪あがきだとわかっているが、ただ黙ってひれ伏すには、葛藤が多すぎるからだ。

「まだ、何か欲しいものがあるのか？」

「ない、ですよ……っ！　……本当に、ここで、……する、……つもりですか……っ」

「当たり前だ」

「……っく」

埃《ほこり》っぽい倉庫の中で斑目から漂うスーツの匂いが、たまらなく淫靡《いんび》に思えた。背中に感じる斑目の胸板も、危機感を煽るのに一役買っている。特に鍛《きた》えてはいないのに、自分より遙かに逞しいとわかる斑目に、男のプライドを刺激される。

「未完成のカクテルを置いていくなんて、面白い真似をしてくれる」

ベルトを外され、下着ごと膝までズボンを下ろされた。途端に、下半身が冷気に包まれる。

「俺が飲みたいと思った時に、酒を作れ。やりたいと思った時に、尻を出せ。それがお前の役割だ」

「俺は……っ、犬みたいなあなたの舎弟とは……っ、……っく」

「そうか？」

一階には、ショーゴがいる。ショーゴの仲間もいる。もちろん、指原を始めとする斑目の舎弟たちもいるのだ。こんなところで抱こうとするなんて、気が知れない。

「俺が旨い酒を飲みたい時に、お前はどこにいた？」

スラックスをくつろげる音に、ゾクリとした。

本当にこのままここでするのか――危機感とともに、甘い期待が心を満たす。

「今度逃げたら、ただじゃおかないと言っただろう」

「うう……っ」

耳許に斑目の熱い吐息がかかったかと思うと、前戯もなしにいきなりあてがってきて、湯月は躰を硬直させた。身構えずにはいられない。

「ちょ……っ、――ぁ……っく！」

声があがり、慌てて奥歯を噛み締めたが、唇の間からそれは溢れ出してしまう。

「お友達に聞こえるぞ」

「……っ、……ぁ……っ、……っ……ふ、……っ……あ！」

俺を味わえとばかりに、斑目がゆっくりと侵入してきた。じわじわと押し広げられる感覚に全身が震える。最奥《さいおう》まで挿入されると、また掠れた声が漏れた。

声を出してはいけない。感じてはいけない。快楽に溺れるわけにはいかない。

そんな気持ちが、より快楽を引き出しているのは確かだった。

「……は……っ、……っ、……っく、……ぅ……」

後ろは斑目の侵入を悦び、吸いついている。早く動いて欲しいと、泣いている。だが、斑目はそう簡単に望みを叶えてくれない。

その時、下からショーゴや指原の声が聞こえてきた。何を話しているのかと聞き耳を立てると、耳許で囁かれる。

「お友達の声を聞きながらやると、もっと感じるようだな」

嗤う斑目に、敗北感を味わわずにはいられない。

それなのに快楽の波は容赦なく押しよせてきて、湯月の理性をあっという間に呑み込んでしまった。一階にいる人の気配を感じながら隠れて抱かれている状況は、今や興奮の手助けにしかなっていない。

「ぁ……っふ、……ぅう……ん、……っく」

やんわりとした抽挿に、躰が啜り泣く。もっとくれとせがみ、乞う。

「いい尻だ。もう、俺なしでいられないだろう?」

確かに、斑目の言う通りかもしれない——湯月は、自分を犯すその腰つきに夢中になり、最後には抗うことを放棄して自分の身を差し出した。

静けさが、心地好かった。

斑目に抱かれた湯月は、立ち上がる気力もなく、床に座っていた。下ろされた下着を元に戻し、ズボンを穿《は》いてベルトを締めたが、そこで力は尽きた。今は、ボタン一つ留めることすら億劫《おっくう》だ。袖のボタンは外されたまま、だらしない格好になっている。

袖から覗く手首の内側は特に白く、うっすらと筋が浮いていた。薄暗い場所で見るそれは艶めかしく、斑目のサディスティックな嗜好《しこう》を刺激するが、本人にその自覚はない。

斑目の置いていった吸いかけのタバコを口に運び、ただぼんやりとそれを灰にしていく。

（くそ……）

湯月は、心の中でそう吐き捨てた。

即物的なセックスだった。まるで道具にでもなった気分だ。だが、むしろそんなやり方が被虐的な悦びを呼んだのも事実で、腰が抜けそうなくらい突き上げられた快感の余韻はまだ躰の奥で燻《くすぶ》っている。

溺れそうになる自分を理性に繋ぎとめておくのに、必死だった。あと少しで、人がいようがいまいが憚《はばか》ることなく、声をあげて斑目を尻で味わい尽くしただろう。一階と二階とはいえ、指原やショーゴたちが壁で隔《へだ》てられていない場所にいるというのに、よくもあれほど激しく抱いてくれたものだと思う。

躾《しつ》けるような激しさで翻弄してくれた男に抱く複雑な想いは、なかなか消化できない。

（いつか見てろよ）

憎たらしいという感情だけは確かなもので、心の中で繰り返す。

斑目は何事もなかったかのように、澄ました顔で一階に降りていった。それがまた歯痒くてならない。

しばらくそんなことを考えながらぼんやりしていたが、足音が聞こえてきて湯月は視線だけそちらへ遣った。階段を上がってきたのはショーゴで、なぜ今来るんだとうんざりする。

せめてもうしばらく一人にして欲しかった。

「トオル」

「……お前か。なんだ？」

「こんなところで何してるんだよ。下行かないのか？」

「黙ってろ」

気づいていないのか、本当は気づいていて知らん顔をしているのかわからないが、今は何も聞かれたくない。湯月が不機嫌なのはわかったらしく、それ以上質問はせずに隣に腰を下ろした。

斑目を後ろに咥えたばかりの躰は、まだこのまま座っていたいと訴えている。

「今回は助かったよ。劉も脱水症状にはなってたみたいだけど、暴行はそこまでひどくなかった。だけどびっくりだよな。トオルってヤクザの下で働いてたんだな」

湯月は、何も言わなかった。悪気のない言葉に、どう反応すればいいかわからない。

「運がよかった。トオルを雇ってるヤクザの敵が、俺たちの敵だったなんてな。さっき舎弟の人から聞いたんだけどさ、曽根田組って勢力を広げようとしてるんだってな。だったら、他のヤクザと喧嘩しててもおかしくないか」

昔からおしゃべりだったが、この偶然を喜んでいるからなのか、今はより饒舌《じょうぜつ》になっている。興奮気味なのがわかった。そんなショーゴを見て、一つの疑問が湧き上がる。

「なぁ、ショーゴ。お前は、嫌じゃないのか？　あの人たちは人身売買してる奴らと、変わらないぞ。日本のヤクザか、外国のマフィアかの違いだ。実際、同じ組の中では中国から連れてきた女をソープに沈めてる奴もいる」

「日本人らしい発想だな。今は利害が一致してる味方だ。それでいい」

逞しい考え方に、自分との違いを見た気がした。確かに、生きていくためにはそのくらいの割り切りが必要なのかもしれない。それほど、過酷な運命を辿ったとも言える。

「そっか。それならいいんだ」

「お前の雇い主、曽根田組を潰す気らしいな。そうしてくれればな、準備してきたビジネスを手放さなくていいんだけど。俺らにもなんか手伝わせてくれよ。いいだろ？」

「さぁ、どうかな。足手まといだって言われるだけじゃないか？　ショーゴ以外は日本語カタコトだし使いにくいだろ」

「そっかぁ。そうかもな」

ショーゴのテンションが、少し落ちた。子供のような反応に、軽く笑う。

何をするのも億劫だが、いつまでもこうしているとそろそろ余計な詮索が始まりそうで、湯月は休息を欲しがる躰に鞭《むち》打って立ち上がった。タバコを捨て、爪先でもみ消す。

ショーゴとともに一階に降りていくと、指原が他の舎弟たちと何やら話している。斑目は事務所のほうにいるようだった。ドアの前に舎弟が二人いて、安全を確保していた。指原が近づいてきて、湯月に言う。

「あと三十分ほどで、ここを出ます」

「どういうことですか？」

指原は、厳しい顔をしていた。

「あなたたちを助けたのは、予定外のことでした。ここは安全ですが、まだ自分らのテリトリーというわけではありませんので、念のため長居しないほうがいいでしょう」

「わかりました」

慎重なのは、さすがだ。ここは指原の指示に従うのが懸命だと、素直に頷く。

「何か腹に入れたいなら、携行食を持ってきてますのでどうぞ」

腹はまったく空いてなかった。斑目のセックスにつき合わされ、疲労が蓄積している。食欲など、完全に消えた。だが、ショーゴたちは違うだろう。

「お前は？」

「俺？　欲しい。あいつらにも貰っていいか？」

指原に目で聞くと、いつもの口調で「どうぞ」と言う。

「お前が皆に配ってやってくれ」

「ああ、わかった」

ショーゴが声をかけると、チャイたちはすぐに集まってきた。かなり空腹だったらしく、まさに群がるといった様子で携行食の入った袋の中に次々と手を突っ込んでいる。ゼリー状のものやクッキータイプのものがあり、特にまだ若いカリムは甘いお菓子のようなそれが美味しかったらしく、二つぺろりと平らげた。

「旨いか？」

ショーゴの問いに、カリムは何度も頷く。

「ウマイ」

慣れてくると、時々湯月がいるところでも笑みを見せるようになった。湯月に笑いかけるわけではないが、仲間同士の会話の中でジョークも飛び出しているようだ。

「俺のもやるよ」

少しは食べるよう渡されていたが、どうしても食欲が湧かずクッキーの包みをカリムに差し出した。すると、嬉しそうに手を伸ばしてくる。

「モラウ」

「そういう時は、ありがとうございますって言うんだよ」

わざと敬語を教えると、カリムは素直に湯月の言葉を繰り返した。

「アリガトゴザイマー」

「マーじゃない。ますだ。ありがとうございます」

「アリガトゴザイマー」

何度か教えたが、上手く言えるようにはならなかった。諦めるが、何が気に入ったのか、カリムはその言葉を何度も繰り返す。煩い。

注意してもやめないため、教えた自分が馬鹿だったと背を向ける。

「アリガトゴザ……」

その時、どこかで窓が割れたような音がした。続けて背後でドサ……ッ、という音とともに、鉄のような匂いがする。足元に広がったのは血の海だ。

（え……）

湯月は振り返って茫然とその光景を見ていた。ほんの少し前まで、貰った携行食を頬張っていたカリムが床に倒れていた。今まではとんど見たことのなかった笑みも見せてくれたというのに、今は血の海の中に顔を突っ込んで倒れている。

「襲撃です！」

指原の声に我に返ると同時に、倉庫のあちこちが弾けた。銃声はしない。消音器を使っているのだろう。だが、それが逆に黄たちの混乱を呼んだ。

中に、銃を持った男たちがなだれ込んでくる。

「逃げるぞ！」

「黄！」

ショーゴが黄に呼びかけるが、その声を届いていない。あまり動けない劉までもが撃たれたのを見てブーンたちは驚き、襲撃してくる方向とは逆のドアから外に飛び出した。あんなふうに外に出てしまえば、格好の餌食《えじき》だ。

「馬鹿っ、戻ってこい！」

次々と逃げるショーゴの仲間たちを引き留める術はなかった。パニックに陥っていて、誰もが外に出ることしか考えていない。

どうしてここがばれたのか――。

斑目が、舎弟たちに護られながら車に乗り込んだのが見えた。ショーゴも別の車に飛び込む。黄たちは、諦めるしかなかった。今いる者だけで倉庫を脱出する。

湯月は一歩遅れたため、指原と一緒にさらに別の車に乗り込んだ。間一髪、襲ってきた男たちの車に取り囲まれる前に脱出できる。車はそのままスピードを上げ、今までいた倉庫は遙か遠くに見えた。黄たちがいないか車の中から捜すが、人影はなかった。

「ここをすぐ離れます。車に乗り込めなかった人のことは、諦めてください」

反論を許さない言い方だった。それは、湯月も痛いほどわかっている。黄たらけ舎弟ではないのだ。たまたま敵が同じ相手だったというだけで、同盟を組んだわけでもない。助ける義理などない相手を思い遣るほど、ヤクザは甘くない。

こういうケースに備えて、合流場所というのをあらかじめ決めていたようで、指原は追っ手を撒くと迷わず車を走らせた。

一時間ほどしただろうか。車は国道から横道に入り、片側一車線の道路に面した敷地の中へと入っていった。周りは運送会社や工場が立ち並んでいて、今はどこも静まり返っている。ここが印刷工場だとわかったのは、残った看板にそう書いてあったからだ。もう使われていないらしく、看板はボロボロで中も真っ暗だ。

斑目の乗った車は、無事に到着していた。湯月が車を降りると、すぐにショーゴの乗ったワンボックスカーが到着する。黄もブーンもチャイも、誰一人乗っていない。せっかく助け出した劉の姿も、もちろんなかった。

「ショーゴ、無事だったか」

「ああ。俺はな」

ショーゴも、自分の仲間がどの車にも乗っていないとわかったらしい。車を降りて全員を見渡した時の険しい表情が、胸に刺さった。

建物の中に入ると、斑目を囲むように全員が集まった。印刷工場だった形跡が見当たらないほど、中のものは持ち出されていてガランとしている。

「全員いるか？」

全員とは、もちろん『若田組』の人間で、ショーゴの仲間は数には入っていない。それは、ショーゴもわかっているようだが、不満げな様子はなかった。当然のことだと納得しているらしく、湯月の顔を見て自分から空元気を出してみせる。

「大丈夫だ。あいつらは逃げきれたはずだ。もし捕まったんなら、また助ける」

まるで自分に言い聞かせるように、ショーゴはそう言った。

斑目たちは、今後のことについて計画の練り直しを始めた。なぜ、あの場所が漏れたのか。手配した段階なのか、それとも別のタイミングなのか。

次々に命令を出す斑目の姿を見ていたが、ショーゴに声をかけられて視線を逸らす。

「俺はあいつらを捜すけど、お前はどうする」

「俺も手伝うよ」

「いいのか？」

「ああ。乗りかかった船だ。この件が片づくまで手を貸す。悪いが、あそこにいる人間は誰一人協力しないと思ってくれ」

「わかってる。そんな甘い人たちじゃなさそうだしな。でも、お前がいてくれるだけで心強いよ」

しおらしい態度に、必ず見つけてやるという気持ちが湧いて、湯月はその腕を軽く叩いて励ました。そして、斑目のところに向かう。指原たちは、それぞれ自分の役割を果たそうと動き出していた。優秀な飼い犬が、獲物を捜しに行くような光景だ。

それを、黙って見つめる。

「あいつの周りには、いつも舎弟がいるんだな」

「まぁな。組の中じゃあ若頭補佐だからな」

「ちょっと苦しいけど、ま、勘弁な」

急にわけのわからないことを言われ、ショーゴに視線を遣った。すると、驚くほど冷たい視線を注がれる。

そして、次の瞬間――。

「――ぅ……っ」

その手が翻るような動きを見せたかと思うと、呼吸ができなくなった。首が絞《し》まり、手を伸ばす。何か巻きついていた。釣り糸のような細いものだ。逃れようとしたが、何かに足を取られて床に倒れ込む。

「トオル！　大丈夫か！　来てください、トオルがっ！」

その言葉に、斑目がいち早く反応して歩いてくるのが見えた。手元はショーゴの躰に隠れて斑目からは見えないようだ。

「どうした？」

ショーゴを押しのけて、斑目が傍に跪く。

「……ッ、――ゴホゴホゴホ……ッ！」

釣り糸はすぐに外されたが、息ができず、声が出ない。

斑目の背後に立つショーゴの表情には殺気が漲《みなぎ》っていて、見た瞬間、心臓が凍りついたようになった。頭で考えるより先に、本能がとてつもない危険を感じる。見る者をすくませるほどに、どす黒い感情だ。

「どこか被弾でもしてるのか？」

「……っは、……っ、……ち、……が……」

その時、斑目の表情が何かを察したかのように険しくなった。そして、すぐに立ち上がる。

それは、まるでスローモーションの映像だった。

斑目が完全に振り返る前に、ショーゴが体当たりする。次に聞こえたのは、苦痛に呻く声だ。

「——貴様……っ」

斑目は、ショーゴの衣服を掴んでいた。手に、力が籠められているのがわかる。ショーゴが離れると、斑目は掴んでいた手を離してゆらりと湯月に覆い被さってきた。なんとか身を起こして、手についた血に気づいてギクリとする。

（なんだ……これ……）

湯月は、離れていくショーゴを見た。目が合い、別人のような表情に茫然とする。舌打ちしたのもわかった。指原たちの声。振り返ったショーゴは、すぐに逃亡する。

ショーゴが斑目を刺したのは間違いないというのに、信じられなかった。信じられなくて、動けなかった。指原がまた何か叫んだのがわかったが、その内容はまったく入ってこない。

どうして。

それだけが、頭の中を駆け巡った。

どうして。

茫然とし、我に返って力を失いかけている斑目を支える。

「追え！　絶対に逃がすな！」

今度は、指原の声がちゃんと聞こえた。呼吸も戻り、ようやく立ち上がることができるようになった。

「ここに……っ、……いてください」

斑目をそこに座らせ、ショーゴを追いかける斑目の舎弟たちに続く。

その姿はどこにもなく、皆手分けして捜していた。事務所や小さな工場の多いこの辺りは隠れる場所としては最適で、さすがに斑目たちの用意周到さに感心した。だが、今はそれが仇《あだ》となっている。

（どこだ……？）

ショーゴを捜しながら、その理由を必死で考える。

仲間を置き去りにされた腹いせなのか。いや、違う。倉庫の状況を考えるとああするしかなかった。それはショーゴもわかっているだろう。助けてくれなかったと恨みを抱くような性格ではない。招いた結果が自分の望みとは違っていても、それを他人のせいにするような、そんな甘ったれた性格はしていない。

答えが見つからないまま、闇の中で動くものがないかとただ目を凝《こ》らして捜す。

そして、見つけた。暗闇の中に走る、ショーゴの背中。

湯月はすぐに追いかけた。指原たちは呼ばなかった。何かの間違いであると思いたかったからなのかもしれない。けれども、ショーゴを追いながら頭の中に浮かぶのは、希望を消してくれる事実だ。

刺されたところは、腰だった。腎臓のある位置だ。人の殺し方を知っている者の刺し方だった。もしかしたら、ショーゴは斑目を殺すために差し向けられた刺客《しかく》なのかもしれない。

「ショーゴ！」

追いつくが、フェンスに阻《はば》まれて、それ以上先へは行けなかった。別の道からあちら側に入ったのだろう。フェンスの上は有刺鉄線が張り巡らされていて、乗り越えたところで、追いつけるとは思えなかった。捕まえるのは諦め、疑問をぶつける。

「どうしてだ！」

塀を乗り越えようとそれに上ったショーゴが、ゆっくりと振り返った。

月を背中に背負ったショーゴの表情は、これまで見てきたそれではなかった。明るくて、おしゃべりで、憎めないかつての自分の仲間の姿はどこにもない。

青白い月の光がそう見せるのか、それともこれが本当のショーゴの姿なのか——湯月はまるで初めて会う人間と対峙している気分になる。

「……どうして？」

ショーゴは黙って湯月を見下ろしたあと、ポツリと言う。

「トオル。お前、甘いんだよ」

声が、嗤っていた。冷たい声だ。自分の知っているショーゴの声と同じなのに、同じには聞こえない。これは、ショーゴによく似たまったくの別人ではないかとすら思った。

「曽根田組の幹部を調べたよな？」

その言葉に、ある一つの可能性が浮かぶ。

「まさか……」

唇を歪めて嗤うその表情を見て、その可能性は確かなものとなった。

ショーゴが、曽根田組の幹部――。

幹部自ら敵の懐に飛び込むなんて、あり得ない。だが、それは今までのやり方が常識だと考えた時だけだ。ヤクザの形態も、今は変わりつつある。

「顔のわからない幹部ってのは、俺のことだ。もう、日本のヤクザなんて古いんだよ。これからは、俺らのようにやっていくのがいいんだ。義理だのなんだの面倒なことは捨ててな」

九州を拠点とする武闘派ヤクザの幹部に、在日韓国人が多く入り込んでいるとは聞いたことがあるが、曽根田組も似た状況になっているということだ。

「お前を騙すのは、簡単だったよ。情に訴えりゃあ、すぐに俺の言いなりだ。仲間が捕まったって言ったらほいほいついてきやがって、ほんと世間知らずだな」

「カリムたちは……」

「あいつらは、使い捨ての駒だ。うちが全員用意した」

湯月は、その言葉をどうしても信じられなかった。使い捨てのようにされてきたショーゴが、他人を使い捨てるなんて信じたくなかった。

「カリムは殺されたんだぞ！」

「あいつらも、自分の立場はわかってる。故郷の家族に金を送るためなら、なんだってする

ような奴らだ。どうせ、ゴミみたいな命だ。斑目に近づくためなら、犠牲にする」

　拳銃ではなくナイフを使ったのも、ギリギリまで斑目に近づくためだろう。解体ビジネスに手を出すチンピラごときが銃など持っていては、見つかった時に怪しまれる。

　ショーゴが斑目に近づいて確実に殺すために張り巡らせたのは、気の遠くなるような複雑な罠《わな》だった。

『誠心会』系の下っ端に喧嘩を売り、『blood and sand』を襲わせ、関心をそちらに向けさせている間に湯月に接触して曽根田組とトラブルを起こしていると思い込ませる。そこまでしたのは、斑目が真っ向から闘って勝てる相手ではないとわかっていたからだ。

　たった一度のチャンスを作るために、ここまで手の込んだことをした。

「若田組の若頭補佐の店でお前が働いてると知った時は、びっくりしたよ。だけど、お前を利用できりゃ、組の稼ぎ頭のタマを獲《と》れる。俺たちは、一気に全国区だ。このチャンスに乗らない手はないだろ？」

　その話から、自分の存在が曽根田組を動かすきっかけになったとわかった。自分が、斑目の命を危険に晒した。

「随分、優遇されてるみたいじゃねぇか。お前、あいつのオンナなのか？」

「そんなことはどうでもいい！　全部、嘘だったのか！　俺を騙したのか！」

「トオルに俺の気持ちはわからない。俺の命もゴミみたいなもんだった。お前は、ちゃんと戸籍を持ってるじゃないか。自分が何者か知ってる。日本人のお前に、俺のような黒孩子の気持ちはわからない」

何も言い返せなかった。

確かに、自分も親を早くに失い、親戚のうちに居づらくなって家出した。居場所がなくて浮浪者のように街を彷徨《さまよ》っていたこともある。だが、ショーゴたちが直面した過酷な現実に比べれば、遥かに幸せだった。

「トオル。俺はお前を仲間だと思ったことは一度もない。昔から……一緒にいた頃から、一度だって思ったことはない。お前は便利だったから、利用しただけだ！」

冷静だった声が、感情的になった。

「それに……っ、俺はショーゴじゃない！　覚えておけ！　俺の名前は、楊浩然《ヤン・ハオラン》だ！」

そう言うと、ショーゴは壁の向こうに消えた。最後に残された言葉が、いつまでも湯月の心に突き刺さっている。

今まで疑いもせず、ショーゴショーゴと仲間のように呼んできた自分が恥ずかしかった。その気持ちに気づいてやれなかった自分が、情けなかった。

甘ったれた自分に、吐き気すらした。

それから湯月は、刺された斑目のことが心配になり、すぐに元来た道を戻った。感傷に浸っている暇はない。

建物の中に入ると、指原たちが斑目を囲んでいる。

「どんな具合ですか？」

聞くと、斑目が目を開けた。

「なんて顔だ。らしくないぞ」

苦しそうにしながらも、ニヤリと笑う余裕はまだあるらしい。どこまでタフなんだと思うのと同時に、自分が安堵していることに気づく。指原に急所は外れていると聞いただけで、膝を折りそうになった。

「刺されたのに、なかなか……しぶといですね」

わざとそんな言葉をかけるが、心の中はまだ乱れている。それがわかっているのかどうなのか、斑目は軽く苦痛の表情を浮かべながら口許で笑っていた。

斑目がチンピラに刺されて死んでくれればなんて、考えたこともあった。あの時は本気でそう思った。だが、ショーゴに刺された斑目を見て肝が冷えた。茫然とした。

紛れもなく、自分の抱いた望みそのものが目の前で起きたというのに、抱いた感情は思っていたのとはまったく違うもので戸惑っている。

以前、これと似た感覚を持ったことがあった。

沢田に拉致された時だ。

あの時、湯月は斑目を失脚させるのは沢田かもしれないと思った。異例の早さで出世する斑目を見るのは爽快な気分だが、そんな斑目が自分の目論見《もくろみ》を外して失脚し、跪く様を見たいと思い、沢田ならそれを実現できるのではないかと思った。

だが、敗北した斑目を見下ろす沢田を想像し、違うと感じた。斑目を失脚させるのは、この男では駄目だと……。自分の中の矛盾に気づいたのも、あの時だ。

あの時のように、今湯月は、ここで斑目が敗北することを望んではいない。あんなに見たかった斑目の失脚に、心が躍らない。

（そんなこと考えてる場合か）

頭の中を巡る疑問を振り払い、湯月は指原にこう告げた。

「ショーゴは……曽根田組の、幹部でした」

「それはわかってます。先ほど、別行動を取って曽根田組について調べさせていた者から連絡が入りました。不明だった者の顔写真が、画像で送られてきました」

それが、ショーゴの写真だったのは言うまでもない。

「あともう少し早ければ……」

指原の声からは、悔しさが滲み出ていた。まるで、こうなったのは自分のせいだと言いたげでもあった。どこまでも主に忠実な犬だ。

「……ここを、出るぞ。すぐに、奴らが……乗り込んでくる」

斑目の言う通り、ショーゴは仲間を呼ぶだろう。ここにいたら危険だ。おそらく、曽根田組は日本のヤクザとはすでに違う。極道のルールには従わない集団と化しているだろう。

そして、曽根田組は闘いを挑んできたのだ。一度動き出せばあとに引けない。一気にカタをつけなければ、自分たちが消滅する。

「病院に運びます。少し遠いですが、警察に通報されずに治療できるところがあります。いったん引く形にはなりますが」

指原が提案したのは、『誠心会』系の組の息のかかった病院に行くことだ。

「駄目だ」

「何故です。このままだと……」

「組関連のところは、若頭たちの耳に入る。カタをつけずに逃げ帰るなんてできるか。これ以上、若頭たちは大目には見てもくれない。一度、沢田に……してやられてるからな」

その言葉を聞いた時、湯月は『blood and sand』で相談役に言われた言葉を思い出していた。

次に組にとって不利益になることがあれば、ただでは済まない。

それがあの時、湯月に残された言葉だった。もし、今回のことが組にばれれば、湯月のことは見逃してはくれないだろう。斑目の立場も、さらに悪くなる。

湯月のためにあえて自分の不利益を選ぶのは、沢田に自分のシノギを渡した時に続いて二度目だ。

「俺のためですか？」

聞くが、斑目は答えなかった。

「行くにしても、今回のことを……片づりてだ。途中で引くことは許さん。命令だ」

そのひとことで、指原は口を噤《つぐ》んだ。誰も斑目の言うことには逆らえない。

「個人病院を捜せ。……叩き起こして、傷を、縫わせる」

「わかりました」

湯月と目が合うと、斑目は不敵に笑ってみせた。

「なんて顔だ。俺があっさり殺られると、思うか？　……っく……、急所は外れてるんだ。

奴は、絶好のチャンスを逃した。随分手の込んだことを……してくれたってのに、あそこで俺を殺せなかったってことは……奴の敗北ってことだ」

その言葉は、決して負け惜しみではない。勝算があるということだ。

やはりあの瞬間、斑目は気づいていた。湯月が気づくより先に、背後の殺気を感じ取っていた。だからこそ、今こうして息をしている。

それでも、刺された箇所を放置すれば命にかかわるほどの傷には違いなかった。

「少し小細工します」

指原はそう言うと、いったん外に出ると車の中からカバンを二つ運んできた。一つは、劉を応急処置した時に使った道具だ。もう一つには、ペンチなどの工具や注射器や液体の入った小さな瓶も入っていた。

「……それ、なんの道具ですか？」

「情報を吐かせる時に便利なんですよ。堅気のあなたはあまり知らないほうがいいです」

指原は、自分の左腕をゴムのバンドで縛り上げると、血管を浮かび上がらせた。さらに注射針を斜めに刺し、バンドを外してから手を握ったり開いたりする。針の先から、血液が溢れてきた。

「ちょっと、何やってるんです？」

「瀕死《ひんし》の状態だと思わせます。さすがにＤＮＡまでは調べる暇はないでしょうから、思い込ませるのは簡単です」

それを見た他の舎弟たちも、指原に続いて同じことをした。全員の血が合わさると、かなりの量になった。瀕死の斑目が倒れている様子が目に浮かぶようだ。

これが一人の血の量なら、失神してもおかしくはないだろう。

「ったく、酔狂《すいきょう》な奴らだな」

舎弟たちの行動を見た斑目が、苦笑いする。

「あなたは結構ですよ。戻った時にカウンターに立てないと、困りますから」

指原にそう言われた湯月の胸に、嫉妬にも似た感情が浮かんだ。なぜ、こんな感情が自分の中に浮かぶのか、よくわからない。わかるのは、指原たちにとって斑目がそれほど心酔できる相手だということだ。

「連中が来てるようです。行きましょう」

指原は他の舎弟に目配せして、すぐに斑目を外に連れ出した。追っ手は、すぐ後ろまで迫っている。車に乗り込むと斑目の傷を押さえているよう言われ、素直に従った。

自分の手が斑目の血で赤く染まると、本当に大丈夫なのだろうかという気になる。湯月の気持ちが伝わったのか、斑目が揶揄するように言った。

「おい、痛ぇぞ。日頃の恨みを……晴らしてんじゃないだろうな」

「そんな口を叩く余裕があるなら、大丈夫ですね」

今は余計なことは考えないほうがいいと、思考を停止させることを心がけた。

指原は、車を走らせながら次の目的地について電話で話している。

「ここから二キロほど先に、使えそうな外科医院があります。先に向かった者たちが、安全を確保してますので、準備が整い次第運びます」

「そこでいい。一晩しのげれば十分だ」

別の舎弟からの報告に、行き先が決まる。

それから、約数分——。

斑目を運び込んだのは、個人経営の古い外科病院だった。外観も中もボロボロで、壁には亀裂が入っていた。先に侵入した舎弟が医者を叩き起こし、銃をつきつけて縫合手術の準備をさせている。医師も古びた建物と同じく、まともに手術ができるのかと疑いたくなるような男だった。髪はボサボサで目はうつろ。白髪交じりの無精髭《ぶしょうひげ》を生やしている。

病院の状態を見ても、まともに経営しているとは思えない。

「意識をはっきりさせておきたい。麻酔はするな。止血できればいい」

「た、助けてくれ……」

「あんたを殺しはしない。それどころか金を払うと言ってるんだ。大金を手にできるぞ。ギャンブルでも酒でも女でも、やりたい放題だ」

有無を言わさない命令に、老医師はすぐに手術に取りかかった。

斑目が傷を縫われている間、湯月は閉じられたカーテンの隙間から外を監視することにした。隣には、指原がいる。もし、斑目の縫合手術が終わらないうちにここを嗅ぎつけられたら危険だ。

「俺が、邪魔をしたからですね」

なんのことだという顔をする指原に、湯月は続けた。

思い出すのは、斑目が腹違いの兄との兄弟喧嘩に夢中になっていた頃のことだ。

「あの人が手に入れようとしていた医者ですよ。俺が邪魔をしたから、結局手に入らなかった。兄貴との喧嘩に負けて、手放したんですよね」

指原は、黙って聞いている。

「こういう時のために、闇医者として使える人間を置いておきたかったんでしょう? 組とは切り離したところでも使える医者が……。俺が裏切らなければ、手にしてた。まともに手術ができるかどうかわからない、あんなよぼよぼの医者に頼まなくてもよかった。そもそも、今回のことだって……」

よせばいいのに、湯月はさらに続けた。「曽根田組が若田組をターゲットにしたのは、俺のせいです」

言ってしまえば、ますます指原からの風当たりが強くなるのはわかっていたが、それでも黙っていられず、聞かれてもいないことを次々としゃべってしまう。

「俺が若田組の若頭補佐の店で働いてるのを偶然知って、利用できると思ったそうです。若田組の稼ぎ頭を殺したとなれば、一気に名は広まる。進出のきっかけにもなりますよね」

「ええ、そうですね。やはり、あなたはあの人の出世には邪魔な存在です。ですが、そんなことはわかっていたはずです。今頃そんな話をされても、困ります」

容赦ない言葉に、指原に目を遣る。

「あなたにしては、随分と弱気だ。がっかりさせないでください」

湯月は、口許に笑みを浮かべた。斑目の横にいつも控えている忠実な男は、どんな時でもぶれない。それがむしろ、心地好かった。

「もしかして、前回の裏切りを反省しているんですか?」

一瞬だけ間を置いて、鼻で笑う。

「まさか……」

湯月は、気力を取り戻したような気持ちになっていた。もしかしたら、刺された斑目を見て、弱気になっていたのかもしれない。

「反省なんて、してませんよ。そもそも、今回のことにしても助けてくれなんて頼んでなかった。勝手に助けて、勝手にあちらの罠にかかったんですから」

「そうでなくては……。それに、そう悲観することはありません。あの医者はギャンブル依存症です。左の人差し指と右手の小指にタコができてました。骨が変形して指も曲がっている。ああいう連中は多く見てきました。あれは、一日に何時間もスロットをしている証拠ですよ。金を握らせれば、言いなりです。この件で警察に通報されることもないでしょう」

指原はそう言うと、手術が行われている部屋のほうを振り返った。

縫合手術が終わったようだ。斑目が、中から出てくる。舎弟の一人がスーツの上着を着せているが、いつもの動きと変わらない。これで、朝までなんとかもつだろう。

「待たせたな」

まるでシャワーでも浴びてきたような台詞に、皮肉な笑みが漏れた。こんな時ですら斑目は斑目のままだ。見ていて、気持ちがいい。刺されたのが嘘のようにしゃきっとしていて、どこが怪我人なんだと思った。

そして突然、斑目のためにもう一度シェイカーを振りたいという強烈な気持ちが湧き上がる。この男を唸らせる、最高の一杯を作りたいと……。

愛だの恋だの、そんな単純な感情ではない。金や肉体的快楽を与えてくれる相手だというのも、関係ない。

目が離せない相手。勝利も敗北も、すべて見たい。全部、あますところなく。

指原たちが抱く斑目への忠誠心とは違うが、この感情の根源にあるものは、どこか根元のところで繋がっている気がした。

複雑すぎて説明のつけられないものが、確かに、自分の中にある。

「すぐ出るぞ」

湯月も、覚悟を決めた。

曽根田組の人間は今、あの血の量を見て付近の動物病院や個人の外科医院を捜しているに違いない。必ずここに辿り着く。金を握らされたあの医者は、手術をした男が瀕死の状態だと言うだろう。それを聞けば、一気に勝負に出ようとするはずだ。斑目の乗った車を襲いに来る。

それを迎え撃てば——。

「お前まで来る必要はないんだぞ」

斑目に、見下ろされる。

あれがショーゴとの最後の会話にはしたくなかった。言いたいことも、聞きたいことも山ほどある。

「一緒に行きます。俺も、自分でカタをつけたいことがあるんです」

「好きにしろ。お前ら、行くぞ」

曽根田組を潰しに行こうとする斑目の背中を見て、湯月も腹を括《くく》った。

5

曽根田組のものと思われる車輛を見つけたのは、病院を出て三十分ほどが過ぎてからだった。

背後をぴったりと同じ車がつけていると、囮《おとり》のハマーに乗っていた斑目の舎弟から連絡が入った。さすがに街中で闇雲に撃ってくるほど愚かではないらしく、様子を窺っているだけのようだが、チャンスがあればいつでも襲うつもりらしい。

斑目たちは、医者のところで手に入れた古いセダンに乗り、曽根田組について調べていた舎弟たちと合流した。ショーゴは、別行動を取っていた斑目の舎弟の存在を知らない。車は劉を救出するためにショーゴが用意したワンボックスカーとハマーが二台だと思っている。

他にまだ三台の車があることを連中が知らないのは、こちらにとって有利となる。意気《いき》揚々《ようよう》と瀕死の斑目の乗った車を追いつめたつもりが、逆に自分たちが追いつめられることになるのだ。

「この先に、建設中のショッピングモールがあります。そこに誘い込むそうです」

連絡が入り、さらにスピードをあげて囮のハマーに追いつく。見えてきた。曽根田組の車が数台追っている。気づかれないようあとをつけ、建設中のショッピングモールの敷地内に入っていった。バリケードに車ごと突っ込んで破壊している。

ハマーが逃げ込むと、曽根田組の車もそれに続いた。

立体駐車場の途中で、ハマーが囲まれているのが見える。曽根田組の車のドアが開き、中から銃を持った男たちが降りてくる。威嚇《いかく》する声も聞こえた。斑目が乗っていると信じ、勝利を確信した男たちの勢いはとまらない。

その中に、ショーゴの姿が見えた。斑目が瀕死の状態だと思い込んで気持ちが大きくなっているのか、組長や若頭の姿もある。中堅規模の組でこれだけ顔が揃えば、上出来だ。

ここで連中を叩きのめせば、曽根田組は一気に崩壊する。

数人の男が、背後から迫ってくる三台の車の存在に気づいた。車を停めるなり斑目が外に出る。

「斑目、貴様ぁ！」

「ふん、やけに威勢がいいじゃないか」

曽根田組の連中は、これが罠だと気づくなりすぐに撃ってきた。闇にサイレンサーの音が不気味に響く。だが、ドアを盾にして応戦する。挟まれた状態での攻撃には無防備で、曽根田組の人間はちりぢりになるしかなかった。

統制の取れてない動きは、明らかに油断の現れだった。

斑目が刺された場所で、指原たちが自分の身を削って仕込んだ小細工が大きく影響しているのは言うまでもない。あの血だまりを見て、勝利を確信した曽根田組は判断が早すぎた。

「追え！」

指原たちが、立体駐車場に逃げ込んだ男たちを追った。斑目は、車で逃げた男たちを追いつめにかかる。湯月もショーゴを捜した。

ガランとした敷地の中は、まだ建設途中で資材が積み上がっている部分もあった。身を隠す場所はいくらでもある。

湯月は、必死だった。

もう一度話をしたい。もう一度、ショーゴとちゃんと話したい。

そんな思いを抱きながら駐車場を捜していたが、ある考えが浮かんだ。

もしかしたら、まだ繋がるかもしれない――可能性は低いが、一縷《いちる》の望みにかけてショーゴの携帯に電話をかけた。すると、意外にも回線は生きている。

コール。

十回ほど聞いただろうか。無機質なそれが不意に途切れたかと思うと、電話の向こうから明らかな人の息遣いが聞こえた。ショーゴだ。すぐに声を出せなかったが、向こうも同じだった。沈黙を共有し、そしてそれは破られる。

『トオルか？』

まさかと思ったが、まだ繋がった。

ショーゴの中に、まだ昔のショーゴがいると思いたくて、だがどう声をかけていいかわからなくて言葉が見つからない。やっと口から出たのは、自分たちが置かれている現状をいやでも痛感する言葉だった。

「ショーゴ、よくも……俺を騙してくれたな」

こんなことを言いたいんじゃないと思いながら、返ってくる言葉を待つ。

『文句言うために電話してきたのか？　ガキだな、トオル』

「お前こそ、いつまでもこの回線使ってるのは、俺からの連絡を待ってたからなんじゃないか？　俺に何か言いたいことがあるなら、聞いてやるぞ」

ショーゴは鼻で嗤った。

「殺しに来いよ。お前が仕留め損なった男を、殺しに来い」

挑発的に言うと、電話の向こうの空気が変わる。

これは、ショーゴをおびき出す言葉だった。組の幹部とはいえ、斑目を仕留め損なったのは、ショーゴの失態だ。その立場を危うくすると思っていい。チャンスを与えれば、必ず出てくる。

『じゃあ、どこにいるのか言えよ。殺しに行ってやるから』

斑目は、地下に行ったはずだ。上に戻ってきた形跡はない。斑目を囮にするなんて、指原が知ったらまた怒るだろうなとその顔を思い浮かべながら、口にする。

「地下だ。俺も今から地下に行く。そこで待ってる」

言うなり電話を切り、すぐに地下へと向かった。

地下は真っ暗だが、出入り口と奥のほうにヘッドライトをつけっぱなしにして車が一台ずつ停めてある。少し離れたところに、斑目を見つけた。

「ショーゴがこっちに向かってます。あなたを囮にしました」

「俺を餌にしたのか？」

「ええ。喰いつきは抜群でしたよ」

見下ろされ、何を言われるのだろうかと思っていると、面白いとばかりにニヤリと笑って言われる。

「上等だ。こっちは、組長の曽根田を追いつめた。地下のどこかにいるはずだ」

足音を忍ばせ、斑目とともに身を隠す人影を捜して移動した。自分の心音がやけに耳につく。

「おい！」

ショーゴの声が聞こえた。振り向くと、柱の陰から姿を現す。銃を構えていた。

「まさか、本当にいるとはな。トオル、お前馬鹿か……。俺が何しに来たか、知ってるんだろう？　それとも、そいつを餌にしても俺と話をしたかったのか？」

「ああ、そうだ」

湯月の言葉に、ショーゴはハッと笑った。

「もしかして、俺って愛されてるのか？」

湯月は、睨むようにショーゴを見据《みす》えた。今は、冗談を言い合うつもりはない。

「ま。お前が相手なら、できないこともないかな。もちろん、俺が男役って条件な」

「ふざけるな」

斑目のほうに銃口を向けたまま、一歩、また一歩と近づいてくる。身を挺《てい》して斑目を庇う気などなかったが、話がしたくて二人の間に立ちはだかる格好になる。

「おいおい。俺の存在を無視するなよ。俺を殺しに来たんだろう？」

「まぁな。あんた、トオルのオトコだろ？　わかるぜ。トオルがあんたの店でバーテンやってると知った時はまさかと思ったけど、なんか雰囲気がエロいもんな。取り合いでもするか？　勝ったほうがトオルのオトコだ」

「ショーゴ、いい加減にしろ。俺はそんな話をしに来たんじゃない」

さらに一歩、近づいてくる。

「だけど、あの出血でよく立ってられるな。あんた、化け物か」

答えないでいると、何か察したらしく、ショーゴは怪訝《けげん》そうな顔をした。あの血だまりがトリックだったことに気づいたようだ。まんまと騙されたことに気づいたショーゴは、唇を歪めて嗤う。

「どうやったんだ？　絵の具みたいなもん買ってくる暇なかったよな？」

「俺のために、血を流してくれるもんがいるんでな。お前は、曽根田のために血を流せるか？」

斑目の問いかけに、一瞬言葉を飲んだ。

「だから……こうしてお前を殺しに……」

「でも、殺せなかっただろう」

ショーゴの表情に、感情の欠片が浮かんだ。冷静でいるようだが、本当は追いつめられているのがわかる。

「お前は失敗した。あそこまで手の込んだことをして、俺にあそこまで近づいておきながら、失敗した。一度失敗する奴は、また失敗する。ここで俺を殺せるか？」

「だから殺してやるって言ってるんだ！」

「――そこまでだ」

指原が、ショーゴの左側から出てきた。銃口はショーゴの側頭部を捉えている。あと一歩でも動けば、指原は引き金を引くだろう。

「指原さん！」

邪魔をしないでくれと訴えるが、指原は本気だ。いつでも撃つ準備はできている。

ショーゴは指原を横目で見ると、軽く笑いながら両手をゆっくりと挙げた。感情的になって周りが見えなくなっていたことに気づき、苦笑している。

「はっ、そういうことか。あんた、気配殺すの上手いな、だけどこれで……、――ぐふっ！」

言い終わらないうちに、プシュ、プシュ、プシュ、と立て続けに空気の抜けるような音がした。サイレンサーの音だ。身を翻すようにして斑目に抱き込まれたかと思うと、次の瞬間、湯月の躰は柱の後ろに転がっていた。

「ショーゴ！」

背後から狙ったのは、身を隠していた曽根田だった。ショーゴがいるにもかかわらず、闇に潜んでいた曽根田は撃ってきた。ショーゴごと撃つつもりだったのかもしれない。

「――役立たずめ！　お前が……奴を確実に殺していれば……っ」

そう言い捨てて、曽根田は逃げた。指原と斑目が、それを追う。

「ショーゴ！　ショーゴ！」

湯月は、すぐに駆け寄った。被弾している。ちょうど肺の部分だ。このままでは血がたまって窒息《ちっそく》する。病院に連れていかなければ、おしまいだ。

「今、病院に……っ」

「……いい、こう……なるって、……わかってた」

「わかってただと？　あいつは、お前に当たるのを承知で一か八か撃ったんだぞ」

「……それ……も……わかっ……」

ごふっ、と血を吐いた。もう駄目だとわかる。

自分を裏切った相手だと頭ではわかっていた。斑目を殺すために、利用された。だが、ショーゴを恨む気持ちはまったくない。ショーゴが欲しかったものが、そして、その気持ちがわかるからだ。

どんな言葉をかけていいかわからず、腕に抱いたままショーゴを見下ろしていた。昔のままのショーゴがそこにはいた。明るくて、おしゃべりで、お調子者のショーゴだ。

「俺は……やっぱり、……かい……捨ての……駒……だった」

「いいから、もうしゃべるな」

このままでは助からないとわかっているが、何もしてやれない。涙で視界が揺れた。

「でも……俺は……、……謝ん、ねぇ……ぞ……」

わかっている。

それほど欲しかったのだ、ショーゴは。

自分の居場所が欲しかった。誰にも搾取《さくしゅ》されず、自由を奪われず、自分が自分でいられる場所を求めていた。選ぶ場所を間違っただけだ。つく相手を、間違えた。

「……日本も……日本人も、……嫌いだ……、……全員、……皆殺しに……して、いいくらい……嫌いだ」

　それは、日本に来ても這い上がることのできなかったショーゴの悔しさの表れだと思った。居場所を探し、日本に流れ着いて、結局欲しいものを手にできなかった。利用されただけだった。

「けど……、お前のことは……」

「ショーゴ……」

「……きだ……、……お前が……、好きだ……、……トオル」

　最後にそう言ったかと思うと、瞳から光りが失われるのを湯月は見た。そこに自分が映り込んでいるが、もうショーゴは何も見ていないと感じた。

「ショーゴ！　ショーゴ！」

　何度も名前を叫んだが、二度と瞳に生気が宿ることはなかった。

　ほんの少し前まで、その瞳は湯月の姿を捉えていたというのに。

　その唇は、昔のままの口調で話していたのに。

　腕に抱くショーゴの躰は、まだこんなにも温かいのに。

　怒りと悲しみが同時に押し寄せてきて、奥歯を嚙む。悔しくて、たまらなかった。なぜ、こんな死に方をしなければならないのかと、その理不尽さに腹が立った。

　湯月は立ち上がり、斑目たちの向かったほうに走り出した。すでに曽根田は追いつめられていて、壁を背にした状態で床に座り込んでいる。斑目が、銃を向けていた。

「どうして、ショーゴを撃った？」

斑目の舎弟を押しのけ、前に出る。指原から銃を奪って曽根田に向けた。

「なんじゃわれ、撃つ気かぁ」

「どうして、ショーゴを殺した？　ショーゴも幹部だろう」

「甘ちゃんじゃのう。どうせ使い捨てじゃ。陰の幹部ちゅーたら、調子ん乗って働いてくれたがのう」

「――っく」

その言い方に、確かな殺意を抱いて湯月は引き金に指をかけた。せめて、ショーゴの仇《かたき》を取りたかった。使い捨てにされたショーゴの仇をこの手で取りたかった。

だが、そうする前に斑目に制される。

「お前が手を汚すことはない。これは、ヤクザ同士の争いだ」

静かな言い方だったが、反論を許さないそれに手から力が抜けた。銃を奪われるのを、ただ黙って見つめる。

斑目は無言で銃口を向け、引き金を引いた。あまりにもあっさりとした幕引きだ。

「後始末をしておけ。行くぞ」

銃をしまうと、斑目は踵《きびす》を返した。そして、その瞬間崩れそうになり、咄嗟に支える。

血が、滲んでいた。スーツの色でわからなかったが、腰の位置から流血していていてワイシャツが赤く染まっていた。慌てて指原が近づいてくる。

「車を回させます。こちらへ……」

あまりにしゃんとしていたため、斑目が刺されていたことを忘れていた。急所は外れたと言っていたが、ここまで来るまでにかなり動いた。縫合手術はしたが、あれがまともな手術だったとは思えない。今さらながらに、斑目がどんな状態だったかを思い出す。

曽根田が撃ってきた時に助けられたが、あの時傷が開いたのかもしれない。

「湯月、俺は用がある。先に帰ってろ。今度俺が店に行った時は、ちゃんと旨い酒が提供できるようにしておけよ」

当然のように命令してくる斑目に、なぜか心地好さにも似たものを感じた。聞き慣れた音楽を耳にしたような感覚だ。

舎弟の運転する車が滑り込んでくると、斑目は指原とともにそれに乗り込んだ。

夜明け前——。

湯月が東京に戻った時、太陽はまだその気配すらなかった。

斑目の舎弟に送り届けてもらった先は、自分のマンションではなく釜男のところだ。まだ寝ている時間だったため、すぐにインターホンを鳴らさず、敷地内の植え込みのブロックに腰をかける。次第に空が白み始めるのをぼんやりと眺めながら、時間が過ぎるのをただひたすら待った。

疲れていて、考える余裕もない。経験したことが非現実的で、なかなか自分の中で消化することもできない。放心したまま、ただ座っている。

どのくらいそうしていただろうか。ふいに上で物音がして、釜男の声が聞こえた。

「亨ちゃん！」

まさか起きていたとは思っていなかったため、窓を開けて顔を出す釜男をぼんやりと見上げた。遠くに見える釜男の姿に、緊張していた心がほぐされる。

無意識に笑い、声は出さずに「よ」と口にして軽く手を挙げた。

「待ってて、すぐに行くわ」

それだけ言うと、釜男は慌てた様子で窓から顔を引っ込めた。ほどなくして、エントランスの中からネグリジェ姿の釜男が出てくる。つっかけだが、ちゃんとウィッグを被って出てきたところが釜男らしく、乙女心をいつでも持っている大事な人を見て、帰ってきたという実感が湧いた。

約束通り、帰ってきたのだと……。

「亨ちゃん！」

「おはよう、釜男。起きてたのか？」

「いつもはこんな時間に起きないのに目が覚めちゃって……眠れないから亨ちゃんのことを考えながら窓の外を見てたの。そしたらいるんですもの。びっくりしちゃった」

それだけ言うと、釜男は急に涙ぐんだ。言葉を発しようとしているが、どうやら声が出ないらしい。感極まった表情になったかと思うと、釜男は力強く言った。

「お帰りなさい！」

「ああ、ただいま」

「お帰りなさい！　お帰りなさい、トオルちゃん！　待ってたのよ。よかった！　帰ってきてくれてよかった」

ぎゅっと抱きつかれ、湯月は笑った。

長かった。

もう何ヶ月も経ったような気がする。釜男と別れ、ショーゴたちの仲間と合流し、名古屋へ向かった。ショーゴの仲間を助けるために曽根田組に貼りついて、囚われた劉を救出するために奔走《ほんそう》した。

だが、全部嘘だった。全部仕組まれたものだと気づかないまま、踊らされた。

チャイたちは、どうなっただろうか。襲撃された時に逃げたが、無事だろうか。ヤードにいたあの十五、六の女の子ともう一人は、結局どうなったのだろうか。

いろいろな思いが、交錯する。

「あたしたち、何か通じ合ったのかもね。だから、亨ちゃんに呼ばれて起きたんだわ」

「ああ、そうかもな」

「亨ちゃんが戻ってきてくれたから、また治療頑張れるわ」

「そうだな。お前のステージを、早く見たいもんな」

変わらない釜男に、安堵する。母親という存在を覚えていないが、いたらきっとこんな感じなのだろうと思った。手放しに、身を預けられる。心を、預けられる。

「今日は亨ちゃんのためにお料理でも……」

言葉は、そこで途切れた。

「……どうしたの？」

聞かれて初めて、自分が涙を流していることに気づく。頬に触れると、手が濡れた。

「……別に」

「別にってことはないでしょう？」

優しく気遣ってくれる釜男に、それまで無意識に堪えていた感情が溢れた。

今さらながらに思い出されるのは、ショーゴの最後の言葉だ。

『……きだ……、……お前が……、好きだ……、……トオル』

この腕の中で死んだ友人。一年足らずしか一緒にいなかった。だが、確かに同じ時を過ごした相手だ。一緒に生きた。

利用され、死んでいった。自分の居場所を求め続け、手に入れられないままこの世を去った。

どうして助けてやれなかったのだろうと、後悔してもしきれない。

どうしてあんな死に方をしなければならなかったのかと思うと、悔しくてならない。

「亨ちゃん……」

「ごめん、なんでも……ないんだ」

誤魔化そうとしたが、釜男には通じない。抱き寄せられ、頭をぎゅっとされた。そして、耳許で優しく諭すように言われる。

「我慢しないでいいのよ」

ネグリジェ姿のおっさんにこんなふうにされているなんて、傍からみれば滑稽かもしれない。けれども、釜男のその行動は湯月を何よりも優しく包んだ。

「いいのよ、泣いていいの。悲しい時は、泣いちゃったほうが気持ちが楽になるのよ」

腕に力を籠められ、釜男の肩に顔を埋める。痩せこけた躰は頼りないが、釜男の匂いがして安堵した。そして、また泣きたくなる。

震える心を、釜男に支えてもらっている気がして、安心できた。

「悲しいことがあったのね」

聞かれ、小さく頷く。

「泣きたくなるくらい、つらいことがあったのね？」

また、頷いた。

釜男になら、言える。釜男になら、全部話せる。

「友達が……、……死んだんだ」

問いつめられて言うのではなく、自然と言葉になった。言えずに心の中に押し込めていた事実を、すんなりと引き出される。

その言葉は釜男にとってもショックだったようで、息をつめた。

「そうだったの」

釜男が、悲しみを共有しようとしてくれているのがわかった。せめて一緒に泣いてやろうという優しさを感じて、抑え込んでいた感情がゆっくりと解き放たれる。

ショーゴの死に心を痛め、嘆く湯月の姿だ。

「死んじゃった子は、亨ちゃんの大事なお友達だったの？」

「ああ。一緒に……生きたんだ。ちょっとの間だったけど……一緒に、必死に……生きた」

絞り出すように言うと、釜男は「そう……」と悲しげに言った。そして、こう続ける。

「じゃあ、ずっと心の中で生かしておいて。ありきたりの言い方だけど、亨ちゃんの心の中では生きてるわ。思い出は消えちゃわないもの」

これほど心に染みる言葉は、なかった。

ショーゴはもういない。どんなに会いたくても、謝りたくても、文句を言いたくても、この気持ちをぶつける相手はもういないのだ。だが、思い出すことはできる。釜男の言う通り、心の中でならショーゴは生きていられる。

せめて、笑っている姿を覚えていようと思った。

『よ。相変わらず強ぇな、トオル』

再会した時のショーゴを思い出し、とても懐かしくなって口許に笑みを浮かべた。

そして、その短い人生の一部は、自分の中にしまっておこうと決める。戸籍もなく、居場所を探し続け、自分が何者であるか探し続けた。

そんなショーゴの生きた証は、自分が抱えていこうと……。

湯月は、指で涙を拭った。人前で泣くのは恥ずかしいが、釜男にならそんな姿を見られてもしょうがないと諦められる。

落ちつくと、ゆっくりと離れる。

「朝っぱらから悪かったな」

「いいのよ。つらい時に来てくれて嬉しい。そういう女でいたいもの」

「ああ、そうだな」

「中に入るでしょ？」

「腹減った」

鼻を啜り、そう言った。

「あら、ゲンキンね。今だとお茶漬けくらいしかないわ。昨日の残りのシャケがあるから、お海苔と、あとは戸棚にあるおかきを砕いて載せてあげる。わさびもあるし……。あ、そうだわ。お汁に入れた三つ葉がまだ残ってたはずよ」

「旨そうだな。それがいい」

「ふふ。じゃあ、今から作るわね。さ、あがって」

手を取られ、マンションの中へ入っていく。

ふと振り返ると、朝日が眩しくて綺麗だった。


指原から連絡が入ったのは、名古屋から戻って十日ほどが過ぎてからだった。呼びつけられるのはわかっていたが、指原に言われる前に自分から会って話がしたいと言い、斑目がマンションにいる時間を聞いて店が終わったら行くとだけ伝える。

自分から会いに行くと言ったのは初めてで、指原はさぞかし意外に思ったことだろう。出世には邪魔な存在と言われたのだ。よりいっそう嫌われたのは、間違いない。

仕事を終えた湯月は、タクシーで斑目のマンションに向かった。湯月を一番に迎えたのは、部屋の前で待機していた指原だった。

「あなたが積極的においでになるなんて、めずらしいですね」

それは嫌みか……、と相変わらず小舅のような存在をからかってみたくなり、つい余計なことを口にしてしまう。

「愛人ですから」

挑発的な態度なのは、自覚していた。指原が感情的になるとは思えないが、軽くムッとさせるくらいの効果はあっただろう。

部屋に入ると、斑目はスーツのままソファーに座っていた。咥えタバコで、酒を飲んでいる。ブランデーのストレートだ。

「お前から会いたいと言ったそうだな。どういう風の吹き回しだ？」

「礼だけは言っておいたほうがいいと思って」

それは、ショーゴに関することだった。

後始末を舎弟に任せて指原と先にあの場を去った斑目だが、ショーゴの遺体だけはあの連中と一緒にせず、持ち帰るよう指示していた。斑目を刺した相手だけに特別に扱うなどあり得なかったが、なぜそんなことをしたのか、考えられる理由は一つだ。

思いやりや善意なんてこれっぽっちも持たないはずの男が、湯月のためにそうするよう命令していた。連れて帰ることができたのは、斑目のおかげだ。

こちらに戻ってきたあと、ショーゴの遺体を密かに火葬場で焼くこともできた。金にものを言わせて、秘密裏にだ。誰の死体を焼いたのか外には漏れないし、焼いたことすら誰にもわからないだろう。

火葬したあと、湯月は遺骨を持って一人で海に行き、日本海に散骨した。利用され、殺されたこの日本にいるよりいいと思ったからだ。

ショーゴは、海で繋がった自分の祖国に帰ることができただろうか——。

「あなたのおかげで、ショーゴがあの連中と一緒に捨てられずに済みました」

「ふん、指原から小言を聞かされたぞ。奴も利用されたとはいえ、一応曽根田組の幹部だったからな。俺に感謝しろ」

「してますよ。あなたのおかげです」

その言葉に、斑目は意外そうな顔をした。当然だ。自分でも、こんなことを言うなんて信じられないのだから……。

「おとなしく帰ってきたことは認めてやる」

斑目は、近くに置いてあったアタッシュケースを顎でしゃくった。中を見てみろと言っているとわかり、黙ってそれに手を伸ばす。

テーブルの上に置いて蓋を開けて中を見ると、湯月は一瞬自分の目を疑った。まるで現金や銃器でも入れているかのように仰々《ぎょうぎょう》しく収められているのを見て、本気か……、と呆れ半分視線を上げて斑目を見る。

「どうだ？　お前が悦ぶだろうと思って揃えてやったんだぞ」

湯月の表情がよかったのか、斑目は揶揄するように笑った。

「準備がいいですね」

「当たり前だ。おしおきはまだ十分じゃないと言ったろう？」

隠れ家で指原やショーゴたちのいる近くで抱かれた時のことを思い出した湯月は、自分が危険な場所に足を踏み入れたのだと強く感じた。あの状況下で、あれだけ存分に突っ込んでくれたのだ。

今夜は覚悟をしておかねばならないだろうと、腹を括る。

「あれだけやっておいて……」

「それを持ってこっちに来い。俺を誘ってみろ」

湯月は、言われた通りアタッシュケースの中身をソファーにぶちまけた。ローションやバイブレーターはもちろん、どんなふうに使うかわからない淫具も入っている。

これを見ていると、どうとでもしてくれという開き直りに近い気分になった。

いや、むしろ淫行の限りを尽くして欲しくて、自分の奥から湧き上がる欲求に湯月自身驚いてもいた。まだ指一本触れられてはいないのに、躰はすでに愛撫を注がれたように熟《う》れ始めている。

「傷はいいんですか？　途中で血まみれなんてこと……ごめんですよ」

「心配するな。お前を愉しませるくらいのことはできる」

「がっかりさせないでくださいね」

湯月は、斑目の手からグラスとタバコを奪った。グラスはテーブルに置き、タバコは咥える。その前に立つと、斑目を見下ろしながら咥えタバコのまま開襟《かいきん》シャツの袖のボタンを外していった。

悠々と構えている男の表情を見て、なぜか興奮した。

まるでストリッパーにでもなったような気分だ。見られていると感じるほどに、昂ってしまう。

湯月はタバコをテーブルの灰皿でもみ消したあと、斑目に跨《また》がるようにしてソファーに膝を乗せ、ネクタイの結び目に指を差し入れてそれを解いた。床に放り、ワイシャツのボタンを二つだけ外す。

胸元が覗いただけなのに、そこから漂う男の色香は湯月を発情させた。思わず、腹を空かせた獣が餌に食らいつくように、唇を重ねて口づけを交わす。

「うん……、……ん、……ぅん……」

斑目の手が腰に伸びてきて、それは煽るように湯月の躰を撫で回した。腰や尻をさすられているうちに、肌が敏感になっていくのがわかる。さらに片方の手が、ボタンを外した袖の中に忍び込んできて、火を放たれた。

「……っ、……は……、……っ」

手首の内側を愛撫するように、指先でなぞられる。たったそれだけで、ゾクゾクと甘い戦慄が腕から肩を通って背中に走り抜けた。さらに袖をたくし上げられ、肘の内側に指先で触れられてぶるっとなる。あまり日の当たらない肌は刺激にも敏感で、湯月は「あぁ……」とため息にも似た声をあげずにはいられなかった。ぞくぞくして、自分を抑えられない。

そんな官能に犯されながら思い出すのは、襲撃されたあと逃げ込んだ元印刷所だった建物内部でのことだ。

指原たちは、自分の血さえ抜いて斑目が瀕死の状態であることを演出した。同じことをしようとは思わなかったが、指原に「あなたは結構ですよ」と言われた時に抱いた感情――。

あれは、恐らく嫉妬だった。

指原たちのように、この男に忠誠を誓いたいとは思わない。それなのに、なぜあの時の指原の言葉がいつまでも消えないのか。なぜ、ふとした時に思い出してしまうのか。

あの時抱いた気持ちが、今、ひどく心を乱れさせていた。

斑目と指原たちの間にある、自分には決してない絆《きずな》が欲しいかと聞かれると、違う。それなのに――。

（何……馬鹿な、ことを……）

自分の中の消化しきれない感情に疑問を抱きながらも、躰だけは間違いなく熱くなっていく。とんだ淫乱だと自分を嗤いながら、斑目の手がどんなふうに自分に触れてくるのか、意識でその動きを追った。

「何を考えてる？」

「……何も……、ぁ……ふ、……ぅん……ん、……ぁ……む」

斑目の頭を掻き抱くようにして再び口づけながら、湯月はさらに溺れていった。

指原たちがあれほど心酔する理由は、わかっている。

ショーゴは斑目の命を狙い、殺そうとしたのに、茶毘《だび》に付すのを許した。そんなところにも通じるのだと思った。冷酷なヤクザで、ひとでなしには違いないが、曽根田のような男とは明らかに違う。自分の舎弟を使い捨てにはしない。異例の出世をなした理由も、そこに繋がっている。

だから、戻ってきてしまうのかもしれない。何度も、何度も……。

そう思うと、なぜか腹立たしくなった。

「どうした？」

「……別に……、……っ」

ベルトを外され、ズボンを膝まで下ろされると、下着の上からバイブレーターをあてがわれる。挑発的に自分を見上げる斑目と、目を合わせた。これからこの男が自分に何をするのか、全部見てやろうと思う。斑目が自分にすることを、すべて見たかった。

ヴヴ……、ヴヴヴ……、と振動が伝わってきて、たまらなく欲しくなった。後ろが、斑目を咥えたがっている。そこを責め苛《さいな》まれる快感を知っている躰は、笑ってしまうほど欲望に忠実だ。

「なんだ、もう欲しいか」

下着を下にずらされて、湯月は息をつめた。

「ぁ……っふ、……ッは、……ぁ……あ……、……ッ」

バイブレーターをねじ込まれ、片手で尻を揉みしだきながら指で蕾を探られる。ジェルを塗られ、滑りがよくなったそこは異物をいとも簡単に呑み込んだ。

「ぁ……っ、……っく、……っっ」

「いつも澄ました顔でカウンターに立ってやがるが、こっちは相変わらず淫乱だな」

揶揄され、押し込まれるものを深々と咥え込む。それでも足りなくて、そこはきつく収縮した。

濡れた音が耳に入ってきて、自分のそこがいかに淫らに淫具をしゃぶろうとしているのか、伝わってくる。見る以上に、痛感させられるのだ。

「ほら見ろ、自分から吸いついてきたぞ」

「はっ、いい……性格、ですね……、……ぁあ……っ」

「嫌いじゃないだろう。お前が悦んでるのは、わかってるんだぞ」

「俺は……っ、……ぁあ……、……ハッ……ア」

ジェルを塗られ、指でひくつく蕾を確かめられると反論などできなくなった。言葉で否定したところで、なんの意味もない。

「これじゃあ足りないか？」

「ぁ……っ！」

バイブレーターを抜かれると、今度は両側から双丘を横に広げられて指を挿入され、湯月は声をあげた。違う刺激が、湯月の躰を翻弄しているのは間違いない。

しかも、一度に何本も出し入れされ、蠢く指はまるで触手のようだった。ジェルをたっぷりと塗られているため濡れた音が聞こえてきて、何か得体の知れない生き物に犯されているような気分になる。

「ぁ……あ……ぁ……、……ぁ……ふ……、……はぁ……」

自分がいかに飢えていたのか、思い知らされるようだった。こんな乱暴な扱いにすら、躰は悦び、応える。

さらに、まどろっこしいというように下半身に身につけているものを剝ぎ取られ、ジェルを足されて後ろはさらに熱く熟れた。斑目を欲しがって、疼く。

「お前のここに、いろんなものを挿《い》れてみるのは愉しそうだ」

「ぁ……っく、……お好きな、……よう……に……、……ぁ……っ」

「今日は素直だな。遠慮なく愉しませてもらうぞ」

床に跪くよう促され、湯月はそれに従った。

後ろに回られて振り返ると、舌なめずりする斑目に見下ろされる。斑目が手に取ったのは、ピンポン球くらいの大きさの白いボールに革製のベルトがついた口枷《くちかせ》だ。

「あなた……は……、脱が……っ、ないん……ですか、……ああ……」

「脱いで欲しいか？　だったら、もっと俺をその気にさせろ」

「ッあ！　……っふ、ぅう……っく、……ッふ！」

ボールの部分を口にあてがわれ、ベルトで固定される。口を閉じることができず、すぐに唾液が溢れてきて何度も喉を鳴らした。

さらに革の拘束具で後ろ手に縛られ、自由を奪われる。

「ほら、前屈みになって俺に尻を見せろ」

「ぁ……あ……っ」

「次はこれだ」

あてがわれたのは、凹凸のついたディルドだった。

まるで思いやりの欠片もないやり方で次々に異物を挿入され、開いた唇の間から唾液が溢れてそれは顎をの先から滴り落ちた。体温で温められたジェルも、太股の内側を這うように伝って膝まで濡れる。

前からも後ろからもダラダラと垂れ流す姿を見られている——その思いは、湯月の被虐心を煽《あお》った。さらに、グラスの酒を呷りながら異物を挿入して愉しむ斑目に、自分が道具にでもなったような気分になる。

「こういうのもあるぞ」

嘘だろ……、と斑目を見上げ、呆れた。斑目が手にしたのは、苦悶の梨と呼ばれる中世の拷問器具だ。女性器に使うもので、洋梨の形をしており、ネジを回すと広がるようにできている。ディルドを引き抜かれ、今度はそれを挿入された。

なんでもかんでも突っ込むなと言いたいが、口枷をされているため、従うしかない。

「ぁ……っ、……ぅ……、……あぁ……」

「いい眺めだぞ、湯月」

調子づいた斑目は、酒を呷りながらネジを回し始めた。内側から圧迫され苦悶するが、ひどい扱いをされるほど躰が熱くなるのも確かだった。斑目が相手だと、なぜこんなにも被虐的な興奮に見舞われるのだろうか。

「もう限界のようだな」

斑目が、スラックスのベルトを外す音がした。自分を取り出している姿を想像した瞬間、湯月は急に堪えきれなくなり、下腹部を震わせる。

「ぁ……ぁあ……、……あっ！」

床に落ちた唾液に、迸った白濁が混ざった。肉体的な刺激ではなく、心が先に限界を迎えたのだ。

斑目に挿入された瞬間を想像しただけでイくなんて、どうかしている――そう思うが、目の前の事実は変えられない。

「おいおい、俺が準備してる間に漏らしたか」

斑目が脱いだスーツの上着が、目の前に落とされた。そして、腕を摑まれてシャワールームに連れていかれる。中にはまだ苦悶の梨が入ったままで、上手く歩けない。無理矢理歩かされ、引き摺られるようにシャワールームに連れ込まれると、壁に押しつけられる。

斑目が、勢いよくシャワーを出した。

全身ずぶ濡れになり、叩きつけられるそれは口の中にも入ってきて呼吸も苦しくなる。

口枷を外されてようやく解放されるが、文句を言う余裕はなかった。後ろに挿入されていたものもゆっくりと抜かれる。カシャン、と音を立て、それは足元に転がされた。

ほんの今まで自分を苦しめていたものを眺めるが、襟足を摑まれて上を向かされる。

「湯月、俺を見ろ」

「ぁ……っ」

「いいか、俺から逃げても無駄だ。必ず見つけ出してやる」

「……ぅ……っ」

あてがわれ、いきなり引き裂かれる。淫具により散々広げられたそこはいとも簡単に斑目を吞み込み、そして一番欲しかったものだというようにきつく吸いついた。

「こいつがないと、生きていけない躰にしてやる」

その言葉に、もう自分はそうなっているのかもしれないという思いに見舞われた。幾度となく戻ってきてしまう。まるで麻薬に溺れた常習者のように、一度断とうとも、また手を伸ばしてしまう。

それほど、自分はこの男に蝕《むしば》まれているのかもしれない。

「ぁあ……っく、……ぁあ……、……はぁ……っ、──ぁぁああ……っ！」

溺れた。

何を挿入されるよりも、斑目の熱い猛《たけ》りは湯月を昂らせた。逃がさないと言われるたびに、なぜか心が悦びに打ち震えた。自分に向けられる執着は、心地好くもあり、それでいて憎らしくもある。

この男が自分をいいように征服するほど、湯月の中に狂気にも似た愛が芽生えた。斑目のすべてを、この目で見てやる。他を寄せつけぬすごさも、のし上がっていく様も、敗北する様も眺めてやる。

斑目のどんな姿も魅力的に感じ、いい知れぬ悦びに見舞われた。

「ぁ……あ……ん、……ぅん……、……んん……ぁ、……はぁ……っ」

噛みつくようなキスに自ら応えながら、身を任せる。舌を絡め合い、時折戯《たわむ》れに相手の唇を噛んでみせては、誘うように再び口づける。

叩きつけるシャワーの中で、二人は激しく唇を貪り合った。

湯月が『blood and sand』のカウンターに戻ってきて、ひと月ほどが過ぎていた。

あれから斑目には一度も会っておらず、平和な毎日を過ごしていた。いい音楽を聴きながら客に酒を提供する——贅沢な毎日だ。

最後に会った時のセックスがあまりにも激しかったため、刺された傷が悪化して倒れでもしたのかと思ったが、横浜の藤蔦組という小さなヤクザが解散したという話が漏れ聞こえてきた。曽根田組と繋がりがあり、南米系の不法滞在者を使って『誠心会』の若い舎弟を襲わせていた組だ。

斑目があの件について、完全にカタをつけるのも時間の問題だろう。

これで、再び斑目の出世の道は開かれた。これからの斑目を想像すると、胸が躍る。

「湯月君、あちらのお客様を頼めるかね？」

「はい」

谷口に言われ、湯月はカウンター席に案内された客のもとへ移動した。三十代半ばくらいの女性で、髪をきっちりまとめている。雰囲気があり、大人の女性といった感じがした。

彼女は湯月の手からおしぼりを受け取ると、メニューを広げ、ざっと目を通してすぐに閉じる。

「何をお作りしましょう」

「そうね。あなたに決めてもらうわ。ブランデーベースでフルーティなものがいいの」

「では、ジャック・ローズはいかがでしょう。カルヴァドスというリンゴのブランデーを使っております」

「それをお願い」

「かしこまりました」

湯月は、カルヴァドスとライムジュース、グレナデン・シロップを用意し、それぞれ分量を量ってシェイクした。頃合いを見計らって手を止め、カクテル・グラスに注ぐ。

赤いカクテルは、目の前の美しい女性に相応しい色合いだ。

カウンターにコースターを置き、グラスを置く。

「どうぞ」

「ありがとう。綺麗なカクテルね」

彼女はグラスに手を伸ばすと、香りを楽しんでから口をつけた。リップとカクテルの色合いが似ていて、彼女の唇はよりみずみずしく目に映る。

「美味しいわ。今の気分にぴったりよ。センスあるのね」

「ありがとうございます」

彼女は、バッグの中からタバコを取り出した。ブックマッチを一緒に出したのを見て、火を出すのはやめる。やたら火を差し出すのは下品なことだと教えてくれたのは、馬場だ。谷口も同じ考えらしく、ライターを出すのをあまり見たことがない。

彼女は、慣れた手つきでマッチを擦った。微かにリンのような匂いがする。この匂いが好きで、ライターを使わないという愛煙家も多い。

灰皿を出すと、彼女は満足そうな顔でトン、と指で灰を落とす。

「ふ～ん、この子がね」

独り言のようにつぶやかれ、湯月は反応すべきか迷った。

品定めをされている気分だ。なぜ、彼女が自分を舐め回すように見ているのかと、不思議でならなかった。居心地が悪いが、顔には出さない。

「こちらは初めてでしょうか?」

「ええ。お店に来るのは初めてよ。知ってる人がここをとっても気に入ってるの。だから見に来たのよ」

「それは光栄です」

ピアノの生演奏が始まった。『Take Five』という有名なジャズナンバー。今日はサックスとウッドベースも入っている。狭いステージから繰り出される四分の五拍子のモダンジャズは、彼女も気に入ったようで心地好さげに耳を傾けていた。

カクテルを楽しみながら音楽に身を委《ゆだ》ねる姿は、絵になっている。

「文句のつけようがない店ね。音楽もお酒も、そしてあなたも……」

彼女は、タバコを消してから微笑を浮かべて最後にこう言った。

「オーナーにそう伝えて」

「はい、そうします」

素直に頭を下げたのがよかったのか、目を細めて笑う。

「ご馳走様。美味しかったわ」

彼女は、一杯だけ飲むと席を立った。

座っていたのは短い時間だったが、最後まで印象に残る魅力的な女性だった。バーテンダーという仕事がら色々なタイプの人を見てきたが、外的な美しさだけでは語れないものがある。

その時、湯月はカウンターに置き忘れられたものに気づいてそれに手を伸ばした。彼女が使ったブックマッチだ。タバコは持っていったのに、それだけ忘れるなんておかしい。

何かのメッセージなのかと思ってじっと見ていたが、すぐにわかった。

斑目が女にやらせている店のロゴが入ったマッチだ。ということは、彼女の言ったこの店を気に入っている知り合いとは、斑目のことだろう。さらに言うなら、囲われている本人が今の人物ということになる。

顔を上げた時には、彼女はすでにフロアマネージャーに見送られて店を出るところで、その目的がなんだったのか確かめることはできない。

『ふ～ん、この子がね』

あれは、まさに品定めにやって来たと思っていいだろう。なぜ……、と今さら彼女が自分を見に来る理由が思いつかずに、眉をひそめる。

「どうかしたかね？」

「あ、いえ……」

谷口に声をかけられた湯月は、ブックマッチをポケットにしまい、仕事に戻った。仕事優先だと、彼女のことはいったん頭から追いやる。

その日は、ジャズの生演奏が聴けるとあって客足は途絶えず、湯月は印象的だった女性のことを時々思い出しながらも、いつものように客に酒を提供した。自分が作るカクテルを満足げに口にするのを見るのは、気分がいい。この仕事は、天職だとすら感じる。

そんな湯月に斑目から連絡が入ったのは、店が終わる一時間ほど前だった。指原から電話があり、店で待っているよう言われた。不満げな様子が受話器の向こうから伝わってきて、相変わらず針の筵《むしろ》だなと自分の置かれた状況を嘆きたくなる。

仕事が終わると、カウンター席に座ってぼんやりしていた。

いつもなら新しいカクテルでも考案しているところだが、今日はそんな気になれず、誰もいなくなった店内で件《くだん》のブックマッチを手で弄ぶ。センスのいいデザインだ。

物音がし、振り返ると斑目が店に入ってくるところだった。指原とは一瞬目が合っただけで、すぐに消える。

「めずらしいな。お前がぼんやり待ってるなんて」

立ち上がり、カウンターの中に入った。

「何にしますか？」

「そうだな。お前がここに置いていったやつだ。今度はちゃんと完成させろ」

名古屋に行く前にここに来て作ったのは、ヴェスパーだ。あの時は、ショーゴと行くと決めたのに、断ち切れない未練のようなものを感じて胸の痛みを覚えた。

幾度となく、斑目のためにこれを作ってきた。これからも作るだろう。

湯月は、いつものように材料を手に取った。ドライ・ジンとウォッカ、そして、リレ・ブラン。

斑目の視線を感じながら、シェイカーを振る。静まり返った店内の空気を、小気味いい音が満たすと、心も満ちていくようだった。頃合いを見計らい手を止め、グラスに注いだ。最後に、細いスパイラル状にしたレモンの皮を飾る。

名古屋に行く前、飾ることができなかった。あの心残りを、今ここで回収する。

「どうぞ」

カウンターにコースターを置き、その上に載せると、斑目はそれに手を伸ばして口をつけた。そして、満足そうな顔をする。

また、言葉にできない快感が湯月を包んだ。

「相変わらずいい腕だな」

「それはどうも」

「さっきは何を見てた？」

「何がです？」

「俺が店に来た時、手に何か持ってただろう？」

「……ああ、これですか」

湯月は、素直にマッチを出した。動じはしないだろうとたかを括っていたがその通りで、斑目は唇を歪めて嗤った。

「美園か」言って、ふん、と鼻を鳴らす。

「文句のつけようがない店だと言ってました」

「ま。そうだろうな」

「どうしてここに来たんですかね」

「好奇心だ。お前を見たいと言ったから、店に来て見ていけと言っておいた」

人をもののように言うんだな、と思うが、口には出さない。斑目にそんなことを言ったところで、なんの意味もないとわかっているからだ。

「俺がほったらかしにしてたからな。プライドの高い女だ。自分より優先されるバーテンを見たかったんだろう」

カクテルを飲み干し、同じのをと目で要求してくる。

「お前は、本当に金のかかる男だ」

グラスを引き取る手を止め、斑目と視線を合わせた。睨まれ、なぜ自分が文句を言われなければならないのかと思い、眉をひそめる。

「なんの話です？」

「二軒目を持ちたいと言われた。別の女はマンションだ」

「買ってあげたんですか？」

「当然だ」

マンションに二軒目の店。言うほど簡単なことではないのはわかっていた。気軽に言ってくれるが、その台詞を口にできる男はそう多くはない。

「あなたが囲ってる女でしょう？」

湯月は、二杯目のカクテルを作り始めた。シェイカーに材料を入れる。

「お前のためにほったらかしにしてるんだぞ」

「行きたいなら行けばいいじゃないですか。誰もとめませんよ」

「あのビルも無駄にしやがって」

それは、かつて『希望』があった雑居ビルのことだ。逃げた湯月を連れ戻すために、斑目が買い取った。金にものを言わせて自分のものにするところは、ヤクザらしいと思う。

「頼んでませんよ。それに、俺が欲しいのは与えられて手に入れるものではないですから」

「いくらしたと思ってる」

「あなたが勝手にしたことでしょう？」

そう言って、シェイクし始めた。斑目の勝手な言い分に苛つき始めていた心が、再び冷静さを取り戻す。グラスに注ぐと斑目に提供し、今度は頼まれていないカクテルの材料を揃える。

「俺も飲んでいいですか?」

「好きにしろ」

湯月は、フルート型のカクテル・グラスを用意した。リンゴをスライスしたあと、ウォッカとアリーゼ・パッション・リキュール、グレープフルーツジュースとグレナデン・シロップをそれぞれ測り入れ、シェイクする。できたカクテルをグラスに注いだあとは、スライスしておいたリンゴをピンにさして不死鳥の羽のように広げて飾って完成させた。

「それはなんてカクテルだ? お前の腕を試した時にも、確か作ったな」

「覚えてたんですか?」

意外だった。

あれは、ステアしかできなかった湯月に一ヶ月でバーテンダーとしての技術を習得しろと言った斑目が言った時だ。出会って一ヶ月後、約束通りそれができたのか店で試された。シェイク、ビルド、ステア、ブレンド。スノー・スタイルの作り方なども見られ、最後になんでもいいと言われて作ったのが、このカクテルだ。あの時は口にしなかったが、見ただけで合格だと言われたことは忘れない。

「フェニックスですよ。釜男が好きなんです」

「釜男? ……ああ、あのキロネックスとかいうオカマか。今は何してる?」

いになっている。

「再入院しました」

「そりゃ残念だったな」

相変わらずデリカシーのない言い方に、斑目に何かを期待するのは馬鹿だと改めて痛感し、自分の作ったカクテルを口にした。甘酸《あまず》っぱいそれは、ウォッカの香りを纏って大人の味わいになっている。

「何馬鹿なことを言ってるんですか。抗がん剤の再投与です。治療は予定通り順調に進んでますよ」

湯月は、ステージに立つ釜男を想像した。

前にデザインを見せてもらったからか、まるでそこにいるようにはっきりとその姿が想像できる。ライトを浴び、蘇る釜男はまさに不死鳥だった。炎の中から幾度となく蘇り、美しい羽を広げる。そして、生き生きと踊るだろう。

釜男は、きっと病気を克服する。

その姿を思い描きながら、やはりいずれ釜男に店を持たせてやろうと思った。斑目に貢《みつ》がせた金で、大きなステージのある店を釜男に買ってやるのだ。きっと繁盛《はんじょう》する。

「あの雑居ビルですけど、俺にはもう必要ないので……」

「勝手にしろ」

雑居ビル一棟にいくら払ったのかは知らないが、あっさりと言われ、口許に笑みを浮かべる。かつて自分の唯一の居場所だった『希望』のあったビルに、こんなにも執着がないものかと自分でも驚いた。

きっと、自分の居場所はここだ。釜男がいて、谷口がいて、口煩い指原がいて、このひとでなしのヤクザがいる。以前逃げた先で世話になった『海鳴り』のママに、帰るべきところに帰るよう言われたが、それがここなのだと認めてしまっている。

悔しいが、それは紛れもない意実だ。

「お前は、今まで囲ったどの女よりも面倒だ。……何を笑ってる？」

「いえ」

斑目の不満げな表情が、なぜかよかった。

ショーゴの遺体を持ち帰ることを許したことこそが、斑目のところに何度も戻ってきてしまう理由の一つだというのに、わかってない。けれども、わからないままでいい。それがわかるような男なら、ここまで惹かれなかっただろう。金を積むことでしか愛情を表現できないこのヤクザが、自分には似合っている。

「同じのを作りますか？」

斑目のグラスが空になったのを見て、声をかけた。斑目は、答える代わりにグラスを前に出す。その何気ない仕草すら、湯月にある種の高揚を呼んだ。

「次は、どうします？」

「お前の極上の一杯を俺によこせ」

その声が、心地好く心に響く。

湯月は、斑目を唸らせるためにバースプーンに手を伸ばした。

あとがき

斑目克幸編。続編でございます。

こんにちは、中原一也です。これを書いている今修羅場中でございまして、原稿の他にSS等に追われて、頭が全然働きません。何を書いたらいいのやら……。

湯月の過去ですが、『愛しているはずがない』を書いた頃にはすでに頭の中にあった話でした。『希望』がなくなったあと、女のヒモになり、そしてそのあと斑目に出会うのですが、女のヒモをやる前のわずかな時間に起きた出来事。

湯月にとって重要な時期でもあり、書きたいなと思っていたので、続きを書くことができて嬉しいです。

これも、応援してくれる皆様のおかげです。本当にありがとうございます。

仕事をしているといろんな壁にぶち当たり、逃げ出したくなることもありますが、読者さんの応援が私に力を与えてくれます。

書き手でありながら読み手でもあるので、面白い作品に出会えた時はいつまでも余韻に浸ってその世界を堪能したり、『あの続きを読むまで死ねない！』なんて思ったりするのですが、私の書くものに対してそう言ってくださる読者さんが時々いらっしゃるのですよ。ごく稀に。ごくごく稀に。それが本当に嬉しくて、この仕事を続けてます。

そして、やっぱり書きたいです。もう嫌だもうやめたいと思っても、また書きたいものが出てくる。そしてまた書くのですが、思うように上手く書けなかったり結果に繋がらなかったりでまたやめたいと思い、そしてまた書きたいものが……。笑。

こうやってグズグズ言いながら、ずっと書いていくんだろうなと思います。仕事があればの話ですが。いつまでもお仕事頂けるように、面白い作品を目指して頑張ります。

それから、この仕事は挿絵をつけてもらえるのが大きなご褒美です。

斑目兄の時からシリーズの挿絵を担当してくださっている奈良千春先生。今回も素敵なイラストをありがとうございました。いつも作中で出てきた小物などがさりげなく配置されていたりして、見るとテンションがあがります。

そして先ほども書きましたが、私の話を楽しんでくれる読者さんの存在が私を生かしてくれます。楽しんでいただけたら、また私の作品を手に取ってください。

中原一也

中原一也先生、奈良千春先生へのお便り、
本作品に関するご意見、ご感想などは
〒101-8405
東京都千代田区三崎町2-18-11
二見書房　シャレード文庫
「愛していいとは云ってない」係まで。

本作品は書き下ろしです

CHARADE BUNKO

愛《あい》していいとは云《い》ってない

【著者】中原一也《なかはらかずや》

【発行所】株式会社二見書房
東京都千代田区三崎町2-18-11
電話　03(3515)2311[営業]
　　　03(3515)2314[編集]
振替　00170-4-2639
【印刷】株式会社 堀内印刷所
【製本】株式会社 村上製本所

落丁・乱丁本はお取り替えいたします。
定価は、カバーに表示してあります。

ISBN978-4-576-16114-3

http://charade.futami.co.jp/

CHARADE BUNKO

スタイリッシュ&スウィートな男たちの恋満載

中原一也の本

淡白そうな顔して、欲深いところもあるなんて……そそるよ

隣人はチャイムを二度鳴らす

イラスト＝ひたき

失恋の痛手を抱えたまま静かに生きていた坂梨の前に青柳という男が現れた。隣に越してきた青柳は、坂梨の気などお構いなしに生活の中に入ってくる。だが親しくなるにつれ、坂梨のトラウマが疼き…。

あんなにむっつりすけべだったなんて……反則だ！

金ニモマケズ、恋ニハカテズ

イラスト＝吉田

お金大好きな瀬木谷は親友の菅原に「一万円払うからキスしてみろ」と言われ、なぜかキスからそのまま躰の関係に。スポーツマンで爽やかなイメージの菅原はとんでもなく淫猥な手つきで瀬木谷を蕩かし…。